Arturo Garmendia

Historia portentosa, insólita y prodigiosa de la Antigua California

Obra premiada en el
Concurso Nacional de
Teatro Histórico de México

Ediciones
Rehilete

México, 2020

Historia portentosa, insólita y prodigiosa de la Antigua California

DR Arturo Garmendia

Introducción y prólogo
Socorro Merlín,
Centro Nacional de Investigación,
Documentación e Información Teatral Rodolfo Usigli.

ISBN 978-607-98980-0-7

José Bernechea Iturriaga
bernechea@gmail.com
Diseño de portada y cuidado editorial

La historia es una novela
que realmente sucedió.

Hermanos Goncourt

EL CONSEJO NACIONAL PARA LA CULTURA Y LAS ARTES
EL INSTITUTO NACIONAL DE BELLAS ARTES
LA SECRETARIA DE EDUCACION PUBLICA
EL PROGRAMA CULTURAL DE LAS FRONTERAS
EL INSTITUTO DE SEGURIDAD Y SERVICIOS SOCIALES
PARA LOS TRABAJADORES DEL ESTADO Y
EL INSTITUTO MEXICANO DEL SEGURO SOCIAL

otorgan el presente

DIPLOMA

a *Arturo Tarmendia Gómez*

por haber obtenido *Premio*

en el

CONCURSO NACIONAL DE TEATRO HISTORICO DE MEXICO

RAFAEL SOLANA   JESUS GONZALEZ DAVILA   MARILYN ICHASO   ALEJANDRO CESAR RENDON   XAVIER ROJAS   DOMINGO ADAME

INTRODUCCIÓN

LA HISTORIA VISTA POR EL TEATRO

Xavier Rojas, director de teatro y promotor cultural, con una trayectoria iniciada con la creación del grupo Poliart (1941) y del Teatro Estudiantil Autónomo TEA (1946) en el Instituto Politécnico Nacional, responsable de la introducción en México del Teatro Círculo, desarrolló durante toda su vida una actividad incansable, participando no sólo como director en teatro profesional con exitosos montajes (sobre todo en el teatro Granero, inaugurado en 1956, que actualmente lleva su nombre), sino también en las áreas de teatro para niños y jóvenes, en el Instituto Nacional de Bellas Artes, en la Secretaría de Educación Pública, en la Asociación Internacional de Teatro para Niños y Jóvenes y en el Instituto Nacional de la Juventud.

A él se debe también la organización del Concurso Nacional de Teatro Histórico de México, que se celebró durante los años que van de 1984 a 1991. En dicho periodo se convocó a los dramaturgos de los estados de la República para escribir obras sobre gestas o personajes históricos de su región.

En lo referente a los certámenes de teatro histórico, Rojas lanzó la convocatoria, apoyado en principio por el INBA y posteriormente con el apoyo del Instituto de

Seguridad y Servicios Sociales para los Trabajadores del Estado, ISSSTE, el Instituto Mexicano del Seguro Social, IMSS, así como del Programa Cultural de las Fronteras.

Al promover este concurso, el director teatral enfatizó que entre sus objetivos estaba "Procurar que las puestas en escena de obras históricas lleguen a arraigarse en las tradiciones populares," y manifestó la intención de que las obras formaran parte de la cultura de los pueblos de donde son originarias, para tener con ello siempre presente sus orígenes y su participación en la historia nacional. Con estas afirmaciones, Rojas pretendía que las regiones no olvidaran aquellos acontecimientos, ni los personajes que sustentan la identidad de grupo y con ello la pertenencia a un país, el nuestro.

La historia recreada por el teatro lleva a los individuos y a los grupos a entender, a ver la relación entre el pasado y el futuro. En otras palabras, se pone de manifiesto una voluntad de conservar tanto el capital material: obras artísticas, libros, testimonios escritos, pintados o musicalizados, así como el capital simbólico: ideas, testimonios orales, rituales religiosos o sociales.

En la última etapa de los certámenes, Alejandro Rendón, como parte del jurado, expresó que los concursos de dramaturgia no son abundantes. Esto es verdad hasta la fecha. Los concursos literarios en todas sus variedades de relato se difunden ampliamente; en cambio los de dramaturgia son escasos; tal vez se deba a que sus productos no son sólo para leer, sino para ser puestos en escena. Esta doble intención lleva consigo dos tipos de "creación de obra": la escrita y la espectacular. El texto escrito, como sugiere Rendón, es un lujo tenerlo en la biblioteca, pero presenciarlo en la escena es un gozo colectivo.[1]

---

[1] Alejandro Rendón, *Teatro: De concursos dramáticos y premio, Revista Punto*, México D. F. 10 de junio de 1991.

Las bases de la primera etapa designaban los temas de los periodos históricos clave, como la época prehispánica, la Independencia, la Reforma y la Revolución de 1910, con personajes como Nezahualcóyotl, José María Morelos y Pavón, Fray Servando Teresa de Mier, Benito Juárez y Rafael Buelna. En las siguientes etapas se optó por temas libres, siempre y cuando se tratara de gestas o personajes de la vida cultural de cada región.

La Secretaría de Educación Pública reconoció la importancia de este concurso como un movimiento nacionalista y Rojas lo justificó como un medio para dar a conocer a los próceres de nuestra historia, desmitificarlos y llenar las lagunas que la educación ha ido dejando poco a poco, convirtiendo a los héroes y a las gestas en iconos estáticos, además de que de esta forma se fomentaba la dramaturgia en el país:

"Hay un desconocimiento terrible, la propia educación (nacional) se ha encargado de minar este conocimiento".[2] En cuanto a la dramaturgia argumentó: "No es fácil escribir teatro histórico, porque es difícil sorprender o interesar a la gente, cuando ésta ya conoce bien la historia de los personajes; para ello se requiere una mayor atención y disponibilidad por un lado, y talento dramatúrgico por otro."[3] Rojas deseaba incrementar este talento, sobre todo en los estados fronterizos del norte y que en años posteriores tuvo su auge.

Antes y después de este concurso, muchos dramaturgos tomaban gestas históricas y héroes patrios como tema de sus obras. El siglo XIX tiene un buen repertorio y por lo que toca al XX podemos enumerar una pléyade de ellos, entre los que se cuentan: Marcelino Dávalos, Mau-

[2] Arturo Alcántara Flores, *Cuarto concurso de Teatro Histórico,*" *Excélsior,* 29 de septiembre de 1990.

[3] *Ibid.*

ricio Magdaleno, Juan Bustillo Oro, María Luisa Ocampo, Rodolfo Usigli, Sergio Magaña, Emilio Carballido, Elena Garro, Vicente Leñero, Juan Tovar, Tomás Urtusástegui, Sabina Berman, Víctor Hugo Rascón por sólo citar algunos. La historia es el recurso más socorrido de la dramaturgia, y no sólo la historia Patria, sino la del fluir de todos los días llamada Historia de la vida cotidiana.

Sirva este trabajo como homenaje al maestro Xavier Rojas,[4] por su incansable carrera teatral y a los dramaturgos por su tenaz actividad creadora.

---

[4] Xavier Rojas murió el 28 de enero de 2010, fue velado en el Teatro Granero Xavier Rojas.

PRÓLOGO

EL TEATRO Y LA HISTORIA[5]

La historia y el teatro tienen vasos comunicantes pero son diferentes. Los temas históricos son representados por la historiografía en narraciones que tienen que ver con las sociedades, los hechos y los personajes del pasado; "… sus objetos son acontecimientos que han dejado de ocurrir y condiciones que ya no existen" dice Collingwood. [6] En esta idea de no existir, Michel de Certeau, se refiere al trabajo del historiador con palabras definitivas: "Es un trabajo de la muerte y trabajo contra la muerte". Los historiadores contemporáneos por su parte afirman que si la historia es del pasado, la historiografía se escribe en el presente para el presente; contra la muerte,[7] diría Certeau. La gran diferencia con el teatro consiste en que éste se escribe y se escenifica en un presente,[8] en un aquí y ahora, se "representa" aunque después pase, como todo, a formar parte del pasado y de la historia. Si el historiador registra en sus textos los hechos que "ya fueron", el dramaturgo plasma

---

[5] Tomado de Socorro Merlín. *Personajes y gestas en la historia del teatro. Obras premiadas en el concurso de Teatro Histórico de Xavier Rojas.* Centro Nacional de Investigación, documentación e información teatral Rodolfo Usigli. 2013.

[6] R. G. Collingwood, *Idea de la historia,* Fondo de Cultura Económica, México, 1982. p. 227.

[7] Michel de Certeau, *La escritura de la historia,* Universidad Iberoamericana, Instituto Tecnológico y de Estudios de Occidente, México, 2006, p. 19.

[8] Virginia Gedea et Alt., *Discutamos México,* Serie televisada, Canal Once, febrero 2010.

los que siempre podrían "volver a ser". Rodolfo Obregón apunta certeramente que los dramaturgos "(...) logran en sus ficciones llegar al alma de los hechos y al hacerlo inciden en la tradición (...) e incluso se da el caso en que al hacerlo, la obra dramática prevé y anticipa sorpresivamente los acontecimientos por venir."[9]

Son muchos los matices de las diferencias y de las similitudes entre estas dos especialidades. La historia es una ciencia social. El teatro, sea histórico o no, es arte para lo social. La distancia que por momentos se acorta en las similitudes, se extiende al ahondar en las diferencias, porque la historia busca una verdad para todos que pueda comprobarse. Luis González recuerda que desde Herodoto la mayor exigencia ética del historiador es la búsqueda de la verdad sin miramientos y sin escrúpulos.[10] En cambio, el teatro representa una verdad particular en la convención de verdad-mentira, con la que puedan identificarse otros en su presente y tal vez en el futuro.

El "teatro histórico" busca ante todo ser Teatro y como tal, se ubica en territorio autónomo, donde se combinan los hechos con la ficción y la fantasía. Esta característica doble no la tiene la historia, a pesar de que ésta también recurra a la imaginación; en su caso, vertida en hipótesis para llenar lagunas de información, pero siempre ligada al concepto de lo probable en lo social, justificada con el documento o el testimonio, materiales básicos de los argumentos lógicos, propuestos en el discurso crítico del historiador. La imaginación es indispensable para la historiografía, pero a diferencia de la fantasía, ésta "no opera caprichosamente", como puntualiza Collingwood.[11]

[9] Rodolfo Obregón, *A escena*, Ediciones sin nombre, CONACULTA, México, 2006, p. 47.

[10] Luis González y González, *El oficio de historiar*, Colegio de Michoacán, México, 1988 p. 27

[11] Collíngwood, Op., Cit., p. 234.

La fantasía es la herramienta necesaria de los creadores artísticos, y aunque a veces la historia parezca arte y el arte parezca historia, cada disciplina tiene su propio campo y por lo tanto pertenecen a sistemas sociales discursivos diferentes.

A pesar de su pertenencia a sistemas distintos dentro del espeso tejido de lo social, ambas materias se interrelacionan y toman categorías de una y otra para su propio sistema; como en el caso de Hayden White y como en el del teatro histórico.[12] Estas diferencias aparecen con mucha claridad desde la *Poética* de Aristóteles, cuando el filósofo griego hace la distinción entre la historia y la poesía.

> ... Que, en efecto no está la diferencia entre poeta e historiador en que el uno escriba con métrica y el otro sin ella –que posible fuera poner a Herodoto sin métrica y, con métrica o sin ella, no por eso dejaría de ser historia–, empero se diferencian en que el uno dice las cosas tal como pasaron y el otro cual ojalá hubieran pasado. Y por este motivo la poesía es más filosófica y esforzada empresa que la historia, ya que la poesía trata sobre todo lo universal, y la historia por el contrario de lo singular.[13]

Esta definición del filósofo tiene su correlato en la voz de Yuri Lotman, quien da al lenguaje un lugar capital en la modelización de la imagen del mundo en el texto artístico.[14] El juego de estos dos niveles, el de la vida cotidiana

---

[12] Hayden White adopta categorías afines a la literatura y lo teatral para significar modos de tramar la narración histórica: romántico, trágico, cómico, satírico. Es conocido que el teatro toca temas históricos de México y el mundo.

[13] Aristóteles, *Poética, Escuela de Arte Teatral Núm. 5*, Traducción de Juan David García Bacca, México, 1962, p. 13.

[14] Yuri M. Lotman, *Estructura del texto artístico*, Ediciones Istmo, Madrid, 1988.

y el de la ficción en la vida de un creador, le permite el ejercicio de su arte en toda libertad y la elección –o no–, de la distancia que toma de su contexto social y de la historia, para expresar su propia verdad en la dramaturgia, allí donde todos los mundos, tiempos y espacios son posibles. En cuanto a "la verdad", tema difícil, Hans-Georg Gadamer aclara, que en el arte no se trata de conocer *la Verdad* (con mayúscula), imposible por otro lado, sino que la obra de arte *desoculta* un poco más de verdad, y ese poco más de verdad,[15] como afirma Dufrenne, se encuentra allí, en la obra de arte.[16]

¿Cómo podemos entonces distinguir con mayor precisión la verdad del teatro, con la verdad de la historia? Lukasz Grützmacher nos da algunas pautas, a partir de la literatura, cuando se refiere a la novela histórica como una *convención*, con sus propias reglas, para presentar y convencer a sus receptores de la verosimilitud de lo narrado y sus modos particulares de vincular el texto ficticio con la realidad histórica, lo que nos deja claro el manejo de la literatura como un sistema específico.[17] La opinión de Francisco Rebolledo es más tajante: él, de acuerdo con Pío Baroja, afirma que la historia es una rama de la literatura. Su expresión tal vez se refiera a que ambas narran acontecimientos, pero como ya se vio anteriormente, desde diferentes campos. La literatura –supuestamente– narra acontecimientos con más imaginación que la historia, pero además, es un lugar en donde se pueden relacionar hipótesis con lo real, ahondando en la subjetividad de los personajes.

---

[15]   Hans-Geor Gadamer, *Verdad y método I*, Sígueme, Salamanca, 1966.

[16]   "La verdad está en la obra de arte." Mikel Dufrene, *Phenomenologie de l'expérience esthétique I*, PUF, Paris, 1992.

[17]   Lukasz Grützmacher, *Las trampas del concepto la nueva novela histórica y de la retórica de la historia postoficial, Acta Poética núm. 27-1* , Primavera, 2006. Universidad Nacional Autónoma de México, pp. 145-146.

Estas reflexiones nos acercan a la distinción que buscamos, porque el teatro sí es literatura, pero dramática, cuya característica principal es la de ser creada para la escena; por eso no es ni historia, ni sólo literatura, porque puede poner en acto la posibilidad de que su mundo, creado en un texto escrito, logre ser traspuesto en un escenario teatral. Por medio de la doble locución y con el concurso de otros creadores, -(director, actores, creativos de la escena)- el teatro propicia una multiplicidad de realidades posibles, y aunque también en el escenario se busque la verosimilitud, ésta se encuentra en el terreno paradójico de la verdad-mentira. Así también nos quedan claras dos formas distintas de tratamiento de la verosimilitud.

Los espectáculos contemporáneos cuyos creadores afirman no poseer un texto escrito (libreto), tienen, no obstante, un diseño que se estructura como texto y discurso, visual, lumínico, sonoro, y hasta olfativo. En este sentido no escapan tampoco a esta paradoja porque en primera instancia son teatro.

En el discurso dramático como en el historiográfico, los agentes manejan en sus textos el *ethos* y el *pathos* de distinta manera. El historiador da prioridad al *ethos* sin descuidar al *pathos,* para ubicar a los personajes, a los grupos y comunidades, e incluso a sí mismo, en su contexto social. El dramaturgo por su parte, da prioridad al *pathos,* porque las pasiones son un ingrediente necesario para tratar el contenido de las obras y los conflictos dramáticos, sean políticos, psicológicos o sociales.

En el teatro posmoderno, en donde aparentemente no se muestran las pasiones en grado superlativo, éstas están presentes, sin embargo, en la forma en que el dramaturgo o el director de escena manejan recursos como el tiempo y el espacio, la iluminación y el sonido, todo esto dirigido a exacerbar la reflexión del público y para des-encadenar actitudes empáticas, como "tomas de postura" en los receptores.[18] Desde hace algunos años, los dramaturgos contemporáneos han hecho gala de hiperrealismo, con lo que se ha visto en escena un desbordamiento de las pasiones.

El tiempo y el espacio son otro aspecto a analizar a partir de las perspectivas diferentes donde se sitúan historiador y dramaturgo. En ambas especialidades tienen también un empleo diferente. El historiador dispone para su trabajo del tiempo cotidiano, cuya duración es de 24 horas, 12 meses y los años que abarque la periodización abordada, en un periodo corto o largo, aunque su narración la constriña a los tiempos que le marque el tipo de relato que va a producir. Por su parte el dramaturgo dispone de un tiempo limitado para cada obra, dependiendo de la estructura que le dé al texto: actos, cuadros o escenas, cuya duración es doble: la del texto escrito y la del texto espectacular con efecto sobre sus receptores. Cuando el teatro usa más tiempo del que canónicamente tienen las obras, los creadores toman medidas adaptadas a sus espectáculos. Tal como sucede con el Teatro del Sol en Francia, con algunos textos espectaculares del director Peter Brook; o del mismo Luis de Tavira, aquí en México. Si tienen una dilación amplia, los espectáculos se presentan durante varias sesiones o días; es la sugerencia, por ejemplo, que da en las didascalias de *Tiempo de ladrones* y de *Querétaro Imperial*, el dramaturgo Emilio Carballido.

En el aspecto del tratamiento que da un creador teatral al espacio y al tiempo escénicos, existen casos extraor-

---

[18]   Rodolfo Obregón, *Utopías aplazadas*, CONACULTA, CENART, México, 2003.

dinarios como la representación que el director Robert Wilson realizó en una montaña en Shiräz, Irán, con una duración de 168 horas seguidas o como *A Letter to Queen Victoria, The Civil Wars,* pensada para representarse durante doce horas simultáneamente en seis países,[19] y la cual tuvo una única representación en una versión estadunidense. En el caso de la primera versión (la de la montaña en Irán), participaron varios equipos de actores a manera de relevos, los primeros del día entraban a las seis de la mañana soportando una temperatura de cuarenta grados y los últimos en la noche cuando el clima era helado. Los públicos por su parte, podían entrar y salir cuando quisieran. [20] Era una especie de ritual.

Los ejemplos anteriores también distinguen bien las diferencias entre sus emisores y sus receptores. Los del historiador tienen un tiempo indefinido para leer sus textos, de acuerdo con sus tiempos, interés y actividades propias de la vida cotidiana, en cambio los receptores del hecho escénico, de cuerpo presente del espectáculo, no disponen de mucho tiempo para este espacio singular que es el teatro y donde los creadores establecen sus propios tiempos. Las más de las veces, el tiempo espectacular se limita a una, dos o tres horas, para mantener la atención de los espectadores y por cuestiones operativas, tanto del espacio arquitectónico o el lugar de la representación, como de los agentes, creadores y técnicos que participan.

La observación anterior si bien es un topo que aparece como tautológico, tiene, sin embargo que ver con lo que es una obra de arte y sus códigos. La obra de arte es, como afirma Hans-Georg Gadamer, un juego.[21] Como tal, es un

---

[19]   Rodolfo Obregón, Op. Cit. p. 65.

[20]   Franco Quadri, *Invenzione di un teatro diverso*, Giulio Inaudi Editore, Torino, Italia, 1984, pp. 153-173.

[21]   Hans Georg Gadamer. *Verdad y método I.* Op., Cit., pp. 143-216.

momento de fiesta, que por su naturaleza de espacio-tiempo, distinto al margen de la cotidianidad, no puede prolongarse indefinidamente.

Es en la escena donde surgen con más fidelidad las diferencias entre la historia y el teatro. Basta recorrer el pensamiento y el trabajo de los grandes teatristas extranjeros del siglo XX (Kantor, Barba, Foreman, Wilson, Stain, Mnouchkine etc.),[22] así como el de creadores mexicanos (Mendoza, de Tavira, Espinosa, Faesler); cuya dramaturgia escénica se complace en torcerle el cuello a la realidad cotidiana. Cotejar el uso de los recursos sistémicos y darse cuenta cómo cada creador se vale de lo ya probado, pero que también constantemente inventa nuevas formas de expresión dramática nos ayuda a comprobar que no es lo mismo leer sobre la vida de un héroe, donde cada lector imagina escenarios y personajes, que verla puesta en escena, bajo la lectura particular de la historia traducida a la escena por los creadores de teatro.

Dra. Socorro Merlín
Investigadora del CITRU

---

22   Quadri y Obregón, Op., Cit.

Arturo Garmendia

Historia portentosa, insólita y prodigiosa de la Antigua California

ADVERTENCIA DEL AUTOR

Fue Anatole France quien dijo que la historia no es una ciencia, sino un arte en el que sólo se triunfa a través de la imaginación.

El historiador tiene, como primera tarea, la de relacionar hechos; y la segunda es la de organizarlos de una manera coherente. Generalmente, a fuer de científico, se impone a sí mismo la obligación de ser objetivo, lo que lo conduce a menudo a presentar los hechos no al margen de una cierta ideología, sino dentro de cierto consenso ideológico y cultural que convalida, dentro de cierto espacio, tiempo y lugar, a su historia como la Historia.

Este proceder, señala el premio Nobel portugués José Saramago, hace que la historia tienda a mostrarse "como la menos sorprendente, o la menos *sorprendedora* de las ramas del conocimiento".

Dejando a un lado la discusión de si la historia es ciencia o arte, lo que queremos precisar es que para escribir esta historia de la Antigua California hemos procedido exactamente como lo pedía France: acudiendo a la imaginación. Pero esto no quiere decir que esta sea, estrictamente, una obra de ficción. De hecho, hemos procedido como cualquier historiador: seleccionando una serie de hechos y dándoles una secuencia coherente. La diferencia estriba, en todo caso, en que alejándonos de la opacidad del cientificismo, hemos privilegiado a lo sorprendente.

Porque además, esa capacidad de sorprender que encierra la historia de California no es producto de la invención de nadie, sino de lo que realmente sucedió: los personajes mencionados por su nombre realmente existieron y los hechos en que se les involucran pueden certificarse en los doctos libros de historia que se enlistan en el apéndice final.

La imaginación se empleó únicamente para relacionar, en alguna ocasión, a unos personajes con otros de épocas diferentes. Por ejemplo, el relato de las esmeraldas de Hernán Cortés está documentado en el libro de José Luis Martínez, y sin bien es dudoso que andando el tiempo llegarán a manos de la Reina Isabel I, lo cierto es que el pirata Francis Drake le obsequió cinco de esas piedras recogidas en sus correrías, amén de que las joyas favoritas de la soberana eran las perlas.

En pocas palabras, esta es una historia verdadera y si en ella alguna inexactitud se ha deslizado ha sido en lo accesorio, que no en lo esencial.

Dispositivo escénico

Para la representación de esta obra al aire libre deberá elegirse una playa accesible y de tranquilo oleaje, en la que pueda instalarse una gradería que mire al norte, para tener, durante la representación, al sol en su ocaso en el mar, a mano derecha.

Como la representación se iniciará media hora antes del crepúsculo, deberá contarse con iluminación eléctrica y amplificador de sonido.

Sería ideal contar con alguna duna a mano izquierda -que hiciera las veces de pierna- para facilitar la salida a escena de los actores; lo mismo que una cortina de rocas que cierren la embocadura del foro, tras de las cuales podrán efectuarse también entradas y producir los efectos especiales que se indican. Otras entradas a escena se efectuarán en diversas embarcaciones.

En la superficie de la playa se dispondrán tres plataformas de madera a distinto nivel, correspondiendo la mayor altura a la más alejada del graderío, y menor a la más cercana. A un costado de la plataforma mayor se implantará un asta bandera.

Para presentar los diversos elementos iconográficos que se solicitan, se implementaran lienzos de dos metros de alto por dos y medio de largo, aproximadamente, enrollados en pértigas a manera de pergaminos, y que serán desplegados en escena por dos portadores de los mismos.

(Nota a la presente edición: Mucho ha avanzado la tramoya teatral los últimos treinta años, particularmente con los recursos multimedia, que podrían ser incorporados a la puesta en escena con provecho, a juicio del director).

LOS ABORÍGENES

LOS ABORÍGENES

PERSONAJES:

NARRADOR

LOS INMIGRANTES:

PADRE, MADRE E HIJO

LOS ABORÍGENES:

PERICUES

GUAYCURAS

COCHIMIES

Son aproximadamente las seis de la tarde. El sol no tardará en ponerse. Se escucha fuera de escena el:

CORO DE ABORÍGENES

En el principio era la nada,
la nada más absoluta
la nada deshabitada.
Sólo la sierra y sola,
a sus pies, la playa.

Sólo el desierto:
cardones, huizaches,
piedras enormes, calientes.
Sólo zarzales inútiles
sólo estériles peñascos.
El sol, ojo de oro,
espiaba en el horizonte
la planicie calcinada.
La luna, en el firmamento
proyectaba haces de luz
que abrían en el espacio
astros maravillosos
como quien abre granadas.
Ambos, el sol y la luna, viajaban
en un espacio infinito
y en un tiempo sin confines.
Un tiempo que no existía
pues donde un pecho no late
no pulsa ningún segundo,
 ninguna hora cabe.
Mientras, los cerros se erguían
altivos e indiferentes;
sólo las rocas estaban
asediadas por el mar:
dura piedra y jadeo de olas
en el esplendor inmenso,
entre una aurora infinita,
un crepúsculo sin mancha
y una noche estrellada.

Por el mar, arriba una balsa a la playa. La conduce una familia:

Padre, Madre e Hijo adolescente. Visten precarios taparrabos.

Desembarcan profiriendo sonidos guturales.

Con pedernales, encienden un fuego.

De sus redes extraen pescados que ponen a asar.

La familia apaga el fuego y va a recuperar su balsa.

Padre e hijo la cargan. La madre lleva los remos.

Cruzan de la orilla a las unas, y desaparecen tras de ellas.

Se oye música de percusiones. Un grupo de cazadores aparece detrás de las rocas del fondo. Otean el horizonte. Empuñan palos, lanzas, lanzadardos. Caminan y corren con precaución, para no asustar a sus presas. Parecen descubrir un animal, lo acosan, lo acorralan con grandes gritos. Salen en procesión, con el fruto de su caza, por donde entraron.

Por las dunas entra a escena un grupo de pericúes, y se colocan al centro, en primer término.

Entran por las dunas los guaycuras, por el fondo los cochimíes.

Hacen una serie de evoluciones, hasta colocarse atrás y a ambos lados, de los pericúes.

Los primeros pobladores de esta tierra vinieron por el mar, veinte o treinta mil años antes de nuestra era.

Procedían quizás de Oceanía, o de Melanesia, y arribaron a la Península a través del Océano siglos después llamado Pacífico, en balsas arrastradas por las grandes corrientes marítimas.

Lo inhóspito de la tierra, lo extremoso del clima, limitó el desarrollo de los inmigrantes.

Mientras en el macizo continental, hacia el año doce mil antes de nuestra era, la caza y la recolección fueron substituidas por la ganadería y la agricultura, en la Península la lucha por la supervivencia permaneció ardua y primitiva.

Los descendientes de los inmigrantes se llamaron a si mismos pericúes. Habitaron la parte más austral de la Península, desde Cabo San Lucas a la altura de las islas de Cerralvo, San José y Espíritu Santo.

Más tarde ingresaron a la Península, por el Norte, los pueblos guaycuras y cochimíes Eran fugitivos de una gran guerra en las tierras septentrionales, y se establecieron, los guaycuras en la parte central de la Península y los cochimíes, en la parte norte.

Todos entonan, a capela, el

CORO DE LOS ABORÍGENES:

Soledad es lo nuestro,
la soledad en llamas.
el sol brilla en lo alto
para quemar nuestra ansia
de comunión, de encuentro
con los progenitores:
Niparajá, el hacedor de hombres,
Guaquiji, el venido del cielo,
nos han dado el exilio
en esta tierra estéril
ardiente, abandonada.
por nuestra alevosía,
por nuestra gran soberbia
por cultivar la guerra
y abandonar la caza.
Nos han desprotegido.
Nos han dado la espalda.

Un grupo colocado en primer plano enciende una hoguera y, evolucionando en torno a ella, entona la

CANCIÓN DE LOS PERICÚES:

Niparajá
Señor de tierra y mar
habita en el espacio
azul interminable
y aunque no tiene cuerpo
le he hecho a su mujer
llamada Anajicojondi
dos hijos: Cuajaip y Tuparan.

El mayor, Cuajaip,
fue un hombre verdadero
y vivió mucho tiempo

en esta tierra nuestra,
para hacer a los hombres
y para adoctrinarlos.

Predicaba la paz,
la armonía entre hermanos
y tuvo tanta gente
pues siempre que quería
entraba bajo tierra
y de ahí los sacaba.

Pero ellos, los ingratos,
mentirosos, traidores
contra él se conjuraron:
Le apresan, le dan muerte
poniendo en su cabeza
como un ruedo de espinas
emponzoñadas con el jugo
del palo de la flecha.

CORO DE ABORÍGENES

Por eso estamos solos,
olvidados de Dios:
 Se ocultan los venados,
no florece el tajuá,
se acaban las ciruelas,
se seca el manantial,
nos cerca la langosta.
Hay gran necesidad:
¡Piedad, Niparajá!

(Toca el turno al grupo colocado a la derecha, que a su vez enciende un fuego y entona la:)

CANCIÓN DE LOS GUAYCURAS

El mar nos da la vida,
el mar nos alimenta
pues guarda en sus entrañas
depósitos de peces,
de almejas y de jaibas
que en su viaje fecundo
Gujiaqui nos dejara.
Él fue un gran espíritu
que un día nos visitara,
disponiendo lugares
para la pesca y caza
y sembrando en los montes
ciruelos y pitahayas.
Pero así como el sol,
la luna y las estrellas,
que el firmamento surcan
para caer al mar
cada noche o mañana,
tiñendo al apagarse
de bermellón el agua.
Así de esta playa
un día Gujiaqui
por siempre se apartaba
para volver al norte
allá donde moraba.
¿Regresará algún día?
Vendrá del Mar Océano
guiado por delfines
por mantas custodiado...
¿O acaso ya disuelto
en círculos de espuma
por siempre a sus criaturas
nos ha abandonado?

CORO DE LOS ABORÍGENES

(Todos)
Hemos quedado solos,
huérfanos, desdichados
Guamongo nos envía
de lejos sus enfados:
enfermedades, hambre,
penurias y tornados
que agitan la marea,
ahuyentan los venados
destruyen los enjambres
y dejan a su paso
desolación y espanto.
Gujiaqui, ven regresa:
¡escucha nuestro llanto!

(Ahora toma la voz el grupo de la izquierda, para pronunciar,
a la luz de la fogata, la:)

CANCIÓN DE LOS COCHIMÍES

Arriba, en lo alto,
habita el poderoso
Señor que nos creara.
Nunca tuvo mujer
y no obstante dos hijos
el solo ha procreado.
Pero el padre y los hijos
no son ya tres personas
sino únicamente
un ser innominado:
Se llama "el que vive"
porque sin duda existe;
se le nombra "el que hace
a todos los señores",
pues el ser nos ha dado.

Se le hace cada año
la fiesta "del que del cielo viene"
pero nunca ha llegado.
Es así que es inútil
pensar en alcanzarlo
pues cuando llega el tiempo
los espíritus malos
se llevan a los hombres
debajo de la tierra
a un lugar amargo,
cuidado por ballenas
por siempre aprisionados.
Y nunca más su rostro
veremos los humanos.

CORO DE LOS ABORÍGENES

Soledad es lo nuestro,
la soledad en llamas,
el sol brilla en lo alto
para quemar nuestra ansia
de comunión, de encuentro
con los progenitores
que aquí, sin esperanza,
en esta tierra ardiente
confinan a nuestra raza.

(Al terminar esta ronda, de pronto se escucha una salva de cañonazos, y detrás de las rocas del fondo surge el humo de los mismos, así como el mástil de una carabela que se mueve lentamente, mientras se arrían sus velas.

Los aborígenes huyen en desbandada, profiriendo grandes exclamaciones. Unos corren hacia las dunas, otros más se lanzan al mar y desaparecen a nado).

LAS AMAZONAS

PERSONAJES:

LAS AMAZONAS

LOS DESCUBRIDORES:

LA TRIPULACIÓN DEL NAVIO *CONCEPCIÓN.*

SU PILOTO: FORTUN XIMENEZ

NUÑO, MARINERO VIEJO

BERNAL, MARINERO JOVEN

Antes de que se disipe el humo de los cañonazos, aparecen por las dunas las Amazonas. Se trata de bellísimas mujeres con un atavío que les deja descubierto un pecho, armadas con arcos y flechas, cubiertas de joyas de oro y pedrería.

Al son de una marcha triunfal cabalgan en fantásticas bestias: caballos con cabezas de grifos y de leones, finamente enjaezados; y se dirigen hacia el frente de la escena, donde se alinean y, por unos momentos, inmóviles, contemplan altivas y desafiantes al público.

Mientras esto sucede, subrepticiamente se ha colocado en la plataforma central al GRUPO DE LOS DESCUBRIDORES.

A una señal de su reina, las amazonas emprenden la retirada, mas de vez en cuando voltean a ver al público amenazadoramente.

Cuando desaparecen tras las dunas se inicia la acción en la plataforma: el área finge ser la cubierta de una carabela. Algunos marineros hacen subir, por el mástil, una vela. El resto de la tripulación bromea, mientras bebe de una barrica de vino.

(Risas)

FORTUN XIMENEZ, PILOTO
¡Ea, que si seguís bebiendo así, pronto empezareis a ver en el mar sirenas y no sé que otras visiones!
(Más risas)

BERNAL, MARINERO JOVEN
Nuño, vos que las habéis visto, ¡contadnos de ellas!

PILOTO
Esa es una historia vieja...

(Varias voces lo callan; otras: ¡Si, cuenta; anda!).

NUÑO, MARINERO VIEJO
Quizá otras veces ha exagerado, pero os aseguro que las sirenas existen en esta Mar del Sur. La que yo he visto no era, como os he dicho, mitad pez, mitad mujer...

(Voces de decepción)

...O más bien sí, más no como queda dicho...

(Voces de decepción, de burla)

BERNAL

¡No pretenderéis que vuestra sirena tenía piernas, pero torso y cabeza de pez!

(Risas)

NUÑO

No. Dicen los nativos de Ciguatán que era un pez-mujer...
(Asombro)
Por la espalda, era en todo semejante a un delfín – la piel tersa y sin escamas – mas al subirlo a bordo y colocarlo en cubierta descubrimos que tenía...

TRIPULACIÓN

¿¿Qué??

NUÑO

¡Tetas y coño, pardiez!

(Risa general)

BERNAL

¿Y os habéis solazado con vuestra... mujer o pez?

(Risas)

NUÑO

Callad, no seáis mal pensados: ¡Mirad que os condenaréis!
(Risas)

FORTUN

¡A dónde nos dirigimos, muchos prodigios nos esperan todavía!

NUÑO

Decid, contramaestre ¿a qué empresa nos ha convocado nuestro muy noble señor, el Marqués del Valle de Oaxaca, don Hernán Cortés?

FORTUN

Nuestro señor don Hernando, no bien repuesto de la conquista de los heréticos de estas tierras, de la gran Tenochtitlan, ha emprendido nuevas proezas para acrecentar el lustre y la gloria de nuestro poderosísimo monarca Carlos V.

¿Y qué mejor empresa que continuar, donde la dejara don Cristóbal Colón, la búsqueda de una ruta más corta hacia las Indias? Un portugués, Fernando de Magallanes, costeando el Continente halló un paso hacia este Mar del Sur, pero tan lejano que sus naves, de España a las Islas Molucas, hicieron una travesía de cosa de tres años.

Por eso, nuestro señor Cortés ha encomendado a su leal Capitán, don Diego Becerra, partir de su Señorío de Oaxaca para buscar en el Mar Océano una ruta más corta a las Islas Molucas, las Islas de las Especias, y a partir de ahí a la China, y al Cipango y al Anián.

BERNAL

¿Y es muy riesgosa la travesía?

FORTUN

Tengo para mí que, salvo tormentas y borrascas, no muy frecuentes en estas aguas que Magallanes ha nombrado Pacíficas, el mayor peligro reside en tierra.

NUÑO

¿En tierra? Muchos años ha que se comercia en paz con los orientales y no hay noticias de que la guerra se haya declarado...

FORTUN

No hablo yo de tierras conocidas...

TRIPULACIÓN

¿Entonces de que habláis? ¡Vamos, decidlo ya!

FORTUN

El Capitán Becerra tiene en cabina un libro, que consulta de vez en cuando, y en el que en cierta ocasión, gracias a su descuido puede leer en parte; y decía (titubea…)

TRIPULACIÓN

¡Vamos, contadlo todo!

FORTUN

Decía: "Sabed, que a la diestra mano de las Indias, hubo una isla llamada California, muy llegada a la parte del Paraíso Terrenal, la cual fue poblada de mujeres negras, sin que un varón entre ellas viviese, que así como amazonas era su estilo de vivir..."

TODOS

¡Las amazonas!

(A esta voz, las amazonas vuelven a salir. Lentamente, con precaución, conducen sus cabalgaduras hasta la plataforma que simula el barco, y desde ahí contemplan la escena)

FORTUN

"...La ínsula era en sí la más fuerte de rocas y bravas peñas que en el mundo se hallaba; sus armas eran todas de oro y también las guarniciones de las bestias fieras que, después de haberlas amansado, cabalgaban; que en toda la isla no había otro metal alguno..."

TRIPULACIÓN

¡Oro, oro!

FORTUN

"...Moraban en cuevas muy bien labradas y tenían navíos muchos en que salir a otras partes a hacer sus cabalgatas; y los hombres que prendían, llevándolos consigo, mezclávanse unas con otros y había ayuntamientos carnales, dándoles luego las muertes que adelante oiréis;... y sí parían hembra, consigo la guardaban, y sí habían varón luego era muerto, en esta isla, California llamada..."

(Los hombres quedan pasmados por la narración. Las amazonas empiezan a retirarse por donde vivieron, lentamente. Los marineros, sin verlas, se acercan a la orilla del barco y otean el horizonte, tratando de descubrir a lo lejos, la isla California...)

TRIPULACIÓN

¡Las amazonas!.. ¡El oro! California...
¡Las amazonas!.. California... ¡El oro!...

(Música. Las amazonas cabalgan frente al público, imperiosas e impávidas. Imprimen mayor ritmo a su paso, mientras la música sube en crescendo. Cuando salen, también los descubridores han desaparecido. La playa queda sola unos momentos…)

LOS CONQUISTADORES

LOS CONQUISTADORES

PERSONAJES:

HERNÁN CORTÉS

FRANCISCO DE ULLOA

- BERNAL, NAUFRAGO

    - CENTINELAS I Y II

- VERDUGO Y SUS ASISTENTES

En la playa, un náufrago arriba a la orilla y desfallece. Dos centinelas lo auxilian y lo llevan en presencia de Hernán Cortés, quien se encuentra en una de las plataformas, rodeado por sus capitanes y estudiando un mapa.

CENTINELA I

Ilustrísimo señor, Marqués del Valle de Oaxaca, mirad ante vos al único sobreviviente de vuestra nave, *La Concepción*, que recién naufragara frente a las costas de la Nueva Galicia...

CORTÉS

(Al náufrago)

¡Hablad! ¿Cómo os llamáis?

BERNAL

Soy Bernal, señor, Bernal de Carranco.

CORTÉS

¿Y tú posición?

BERNAL

Era grumete, Señor, en vuestro navío *Concepción*

CORTÉS

Cuenta lo que acaeció.

BERNAL

Sucedió, Señor Marqués, que a los quince días del viaje, el piloto de a bordo −Fortún Ximénez, cuya alma se abrase en el infierno− nos empezó a calentar la cabeza con cuentos y consejas sobre una isla fabulosa, poblada por amazonas, guardianas de inagotables minas de oro y de plata...

TODOS

¡La Isla de la reina Calafia!

CORTÉS

Proseguid, que os escucho...

BERNAL

Cierta noche de tormenta, Fortún Ximénez, el vizcaíno, fue con sus más allegados a la cabina del capitán, y allí mató a Don Diego Becerra. Hirió a otros que podían socorrer o vengar al infortunado, y ayudado de sus partidarios se apoderó del navío... Después nos prometió riquezas sin fin si le seguíamos, y ebrios y encandilados por lisonjeras palabras, consentimos...

CORTÉS

(Ceñudo, llama a uno de sus capitanes y le susurra algo al oído. Después dice):

Proseguid.

BERNAL

Nos aproximamos a la costa de la Nueva España y desembarcamos en ella a dos franciscanos, que con nosotros viajaban, y a los allegados del difunto capitán Becerra. Después, enfilamos proa hacia oriente, zurcamos las aguas de una extraña mar bermeja, a todo trapo, como si quisiera el diablo dar prisa a nuestra condenación. (Cae arrodillado y solloza)

(En una de las plataformas adyacentes, unos carpinteros empiezan a construir una horca).

CORTÉS

¡Ea, apresurad el relato, si no queréis apresurar el rigor del suplicio!

(Los dos centinelas lo levantan y lo fuerzan a continuar)

BERNAL

(Aterrado)

¡Esperad, mi señor, que ya prosigo!

A tres días de viaje encontramos una isla muy grande, de cumbres inaccesibles. Con el ánimo contrito, en espera de ver aparecer las fieras amazonas en cada recoveco de la costa, buscamos donde fondear. Al fin dimos con una bahía apropiada y bajamos a la playa en tres lanchas. A poco de caminar, las encontramos.

CORTÉS

Luego... ¿existen?

BERNAL

Encontramos a un grupo de indígenas, bañándose desnudas en la playa. (Envalentonándose ante el interés que despiertan estas palabras): Al vernos, rompieron a correr, pero no tan recio que presto no las alcanzáramos.
(Risas)

(Poco a poco empieza a entrar a escena el grupo de Pericúes. Agazapados tras las piedras, arrastrándose sobre la arena, acechan a los conquistadores y van cercando amenazadoramente la plataforma principal. A partir de aquí acompañan con gritos de guerra y movimientos bélicos el relato)

BERNAL

Después, las mozas huyeron, y nosotros nos dimos a descansar de nuestras fatigas. (Susurros amenazadores de los indios). Por probar cosa distinta de las duras galletas marineras que por semanas habían sido nuestro único alimento, probamos de unas como brevas, cubiertas de espinas pero de interior rojo y jugoso, que crecían en unos como troncos también llenos de abrojos. (Susurros aborígenes) Discurríamos si volveríamos al barco, o pernoctaríamos en tierra, cuando de pronto un grupo de indios nos atacó, gritando como demonios (Alaridos y amenazas de los indios) Corrimos hacia las barcas, sin poder disparar los arcabuces, y sólo un puñado de nosotros logró llegar a ellas (Los españoles echan mano a sus espadas y buscan por todos lados como si sintieran la presencia de los indios) Más de veinte castellanos quedaron tendidos en la plaza. Los indios nos amenazaban y arrojaban flechas hacia el barco. (Más gritos) Un disparo de cañón los dispersó.

(Vuelve a aparecer la vela de la carabela tras las rocas. Se dispara el cañón, y entre las nubes de humo que provoca, los pericués huyen despavoridos. Un momento de silencio, luego:)

CORTÉS

¿Y luego?

BERNAL

Señor, con el ánimo demudado, tornamos a toda prisa. Fortún Ximénez estaba entre los caídos, y quienes sobrevivimos pensamos en volver a acogernos a vuestra clemencia... (Se hinca) Más vino una calma chicha y no lográbamos avanzar ni una braza. (Empiezan a oírse sonar los martillos de los carpinteros) Presos en una mar de fuego, pues los fuegos del crepúsculo encendieron aquel mar, apenas nos deslizábamos, parecíamos no avanzar (Martilleo) Alguien, no recuerdo quien, fue a la borda a orinar. Otros siguieron su ejemplo... (Martilleo) y de pronto empezaron a gritar: ¡Qué no orina, sino sangre daban todos en mear! (Martilleo más fuerte) ¡De nuestras partes pudendas salía un líquido rojo, que caía al rojo mar! ¡Castigo a nuestros pecados o cruel maleficio indiano: nadie lo pudo saber! (Disminuye lentamente el martilleo)

FRANCISCO DE ULLOA

Fue esa fruta que comisteis: igual les pasó a mis soldados después de la toma de Cholula...

CORTÉS

¿Y de la *Concepción*, que nuevas me dais?

BERNAL

Con gran abatimiento flotábamos a la deriva, cuando el viento hinchó nuestras velas con tal fuerza que amenazaba romperlas..... (Martilleo) Pronto la tormenta estuvo encima de nosotros y nada podíamos hacer para gobernar la nave... Naufragamos, sólo yo me salvé, y si he sobrevivido ha sido para traeros estas infaustas noticias...

CORTÉS

Prendedle...
(Los centinelas lo toman por los brazos)

BERNAL

¡Esperad, esperad! . . . Antes quisiera daros este presente...

(Se libera de sus captores, se abre la camisa y le presenta a Cortés una cadena, de la que pende una enorme perla. Cortés la toma, la observa y se la pasa a Francisco de Ulloa).

ULLOA

¡Nunca ha visto perla más perfecta! Su tamaño no desmerece su brillo. Su oriente es deslumbrante...

BERNAL

¡Se la tomé a la india con quien yací aquel día!

ULLOA

Y donde se crió esta perla, deben criarse más (Se la entrega a Cortés).

CORTÉS

(Observándola) En efecto.

BERNAL

(Ansioso) Yo podría conduciros donde se encontró esa perla: a la Isla de las Amazonas.

CORTÉS

No es necesario. (A los centinelas:) ¡Colgadlo!

BERNAL

(Se resiste, entre gritos y protestas:)) ¡No, esperad! ¡Capitán... ¡no!

(Los centinelas lo conducen en vilo hasta donde se alza el patíbulo. Un redoble de tambor acompaña la escena. Un fraile presta los últimos auxilios al reo; un verdugo le coloca un capuchón negro y una cuerda en torno al cuello. Le cuelgan, y cesa el redoble).

CORTÉS (A ULLOA)

La ruta a la Isla de las Perlas ya me fue revelada por Hernando de Grijalva, el capitán del *San Lorenzo*. En cuanto estén listos nuevos navíos, partiremos hacia ella, con la venia de nuestro señor Carlos V. Escribano, aprestad vuestro recado.

(El escribano toma la pluma y Cortés le dicta)

CORTÉS

"Mi muy noble Señor: Siguiendo vuestras instrucciones de encontrar una ruta más corta a las Islas Molucas, también llamadas de las Especies, he puesto todo mi empeño en fabricar, en Tehuantepec, tres navíos bien provistos para emprender otro viaje de descubrimiento y conquista.

"Quedo satisfecho porque se terminan ahora dos navíos de noventa toneles, y uno más de cerca de setenta, los más recios y de mejor clavazón en madera que pudieran salir de Castilla... con par de pilotos, que el uno de ellos no se puede mejorar en el mundo, y la mejor gente de mar que se puede haber en levante, e mucha artillería e munición e jarcia, e gente de guerra, e gente de todos los oficios de navíos e herreros, e boticario y botica todo muy bueno y tan cumplido, que tendrán bastimento para más de año y medio..."

(Conforme Cortés pronuncia este parlamento, su comitiva de soldados se alinea, enarbola banderas y, a los redobles de un tambor, se desplaza de la plataforma más retirada a la central, donde se forma para recibir, con saludos militares a Cortés, que les sigue en su recorrido. En esta segundo plataforma Cortés sigue su parlamento).

CORTÉS

"Tengo en tanto estos navíos, que no lo podría significar; porque tengo por muy cierto que con ellos, siendo Dios Nuestro

Señor servido, tengo que ser causa de que vuestra Cesárea Majestad sea en estas partes Señor de más reinos y señoríos que los que hasta hoy en nuestra Nación se tenga noticia. Creo que con hacer yo esto, no le quedará a Vuestra Excelsitud más qué hacer para ser Monarca del mundo..."

(Se repite el movimiento, pero ahora los soldados van desenrollando una tela azul, que finge el mar. Al llegar a la plataforma central, en el asta bandera se despliega la enseña de Cortés. Simultáneamente, un grupo de indígenas californianos rodean la plataforma, entre asustados y admirados. Cortés arriba al centro del escenario, donde permanece de pie mientras el escribano concluye).

ESCRIBANO

"Hoy a los tres días del mes de mayo de mil quinientos e treinta y cinco años, el muy ilustre don Fernando Cortés, marqués del Valle de Oaxaca, capitán General de la Nueva España y Almirante del Mar del Sur, por orden de su Majestad el Rey Carlos V llegó a este puerto e bahía y saltó a la playa, en presencia de mi persona, de Miguel de Castro, escribano de sus Majestades... y le impuso el nombre de Bahía y Puerto de Santa Cruz...

(Su voz va perdiendo volumen hasta hacerse casi inaudible:)

Fueron presentes a lo dicho el doctor Valdivieso, alcalde mayor, e Juan de Jasso e Alfonso de Navarrete, e Fernando Arias y Saavedra, e Guillermo de Castillo y Francisco de Ulloa, e muchos otros testigos del Ejército e la Armada..."

(Obscuro total)

LOS CORTESANOS

LOS CORTESANOS

PERSONAJES
CARLOS V, EMPERADOR
ISABEL DE PORTUGAL, SU ESPOSA
DON FRANCISCO DE LOS COBOS, SECRETARIO.
GEÓGRAFOS I, II, III.
CONSEJEROS I, II, III.
UJIER
CORTESANOS EN PALACIO, MADRID.

HERNÁN CORTÉS y
SU COMITIVA:
　　CAPITANES
　　SOLDADOS
　　INDIOS NOBLES
　　INDIOS VASALLOS

La plataforma más cercana al público representa la corte de Carlos V. Un grupo de cortesanos rodea el doble trono, vacío. Conversan animadamente entre sí, hasta que entra un ujier.

UJIER

Su Católica Majestad, el emperador Carlos V, Rey de España, Monarca de Flandes, Señor de Alemania, cabeza del Sacro Imperio Romano y dueño clementísimo del Nuevo Mundo, a quien ha encomendado Dios los reinos de la Nueva España y el Perú.

Su Católica Majestad, la Emperatriz Isabel de Portugal.

(Suenen las trompetas, entran los emperadores. Todos hacen una profunda reverencia. Los monarcas se colocan en sus tronos).

CARLOS V

Hablad, señor secretario, don Francisco de los Cobos: ¿Qué nuevas hay en la corte, que tan animados comentáis?

DON FRANCISCO DE LOS COBOS, SECRETARIO

Real señor, no se comenta otra cosa que el arribo a la ciudad del Marqués del Valle de Oaxaca, don Hernán Cortés. Están todos pasmados del boato y lujo de que su comitiva hace gala.

(HERNÁN CORTÉS y su comitiva entran a escena acompañados de música triunfal. La comitiva está compuesta por los capitanes del conquistador a caballo, y otros soldados a pie con estandartes, así como por un conjunto de indígenas exóticamente ataviados, que al marchar bailan y hacen acrobacias. La corte los observa asombrada. Se colocan en las otras dos plataformas, al fondo).

CARLOS V

¿Más lujo que el que se advierte en esta admirada corte?

SECRETARIO

Su Majestad, se nos dice que arribó hace un mes a Palos, a bordo de dos naves compradas ex profeso para el viaje. En ellas acomodó a su comitiva, entre 50 y 80 gentes, formada por sus capitanes, soldados, familiares y un conjunto de indios, dícese que principales entre la nobleza de aquellas tierras. Trae también entre esos indios ocho volteadores de palos, doce jugadores de pelota y ciertos indios e indias muy blancos, así como otros enanos y contrahechos, todos muy ricamente vestidos...

(Mientras discurre este parlamento, los mencionados pasan a acomodarse en torno a Cortés, que se aproxima a la plataforma central)

CARLOS V

¡Debe ser, sin duda, un espectáculo singular ese desfile de indianos!

SECRETARIO

Trae, Señor, con él todo lo raro, maravilloso y valioso que se encuentra en el Nuevo Mundo: aves extrañas y hermosas; dos tigres y un tlacuache; un ayotochtli ó armadillo; barriles de liquidámbar, de bálsamo y otros aceites; mantos de pluma y de pelo; rodajes, penachos, plumajes y espejos de obsidiana y no se sabe cuántas piezas de oro y plata sin ley, y muchas joyas riquísimas.

He aquí, su Majestad, un presente que os envía el Conquistador del Nuevo Continente:

(De la comitiva de Cortés se desprende un par de esclavos, que portan un cofre. Lo llevan al pie del trono, y se retiran haciendo reverencias).

SECRETARIO

(Abriendo el cofre y enseñando un puñado de joyas)
Un buen conjunto de joyas, de manufactura indígena, que pesaron dos mil y trescientos cincuenta y nueve pesos. Ved señor, que diversidad de hechuras: Penachos verdes de plumas, llenos de argentería y oro y perlas; tejuelos de oro y plata, engarzados de esmeraldas…

CARLOS V

(Tomando un penacho y mostrándolo a su esposa)
¡Ved, señora, que riqueza!

ISABEL DE PORTUGAL

(Displicente)
Mucha, sí. Mas sí mucho os entrega, tanto más guarda para sí.

CARLOS V

Explicaos

ISABEL DE PORTUGAL

Sabed, Señor, que doña María de Mendoza, mujer de vuestro Secretario, viajando hacia esta corte se encontró con don Hernando en Sevilla, en el monasterio de Nuestra Señora de Guadalupe, y de ahí hasta Madrid fueron compañeros de viaje. ¿Digo verdad, don Francisco?

(El Secretario asiente, haciendo una reverencia).

ISABEL DE PORTUGAL

En un ágape que le ofreció en Medellín el Duque de Medina Sidonia, don Hernando le mostró a los comensales un aderezo extraordinario: Cuéntame Doña María que era todo de oro recamado, con cinco finísimas esmeraldas; la una era labrada como rosa, la otra como corneta y otra como un pez, con los ojos de oro; la otra era una tacita, con el pie también de oro y la inscripción "Bendito quién te crió" y coronándolas todas una más que era como campanilla, teniendo como badajo la más rica de las perlas: larga y ovalada. Perfecta.

SECRETARIO

Mercaderes genoveses que asistían al convite, dábanle por la joya al capitán más de cuarenta mil ducados, estimando que el Gran Turco se las tomaría a su vez en cien mil ducados. Pero él aseguró no la diera a ningún precio...

ISABEL DE PORTUGAL

Así es, Señor. Luego que supe de esta portentosa joya, envié un propio a su morada diciéndole que quería verla y tenerla, que Vuestra Majestad sin duda la pagaría. Y don Cortés, que no lo es tanto, se excusó afirmando que ya la había dado como presente a su esposa doña Juana...

CARLOS V

(Enojado)

¿Y dónde está ese insolente...?

(Todos los ojos hacen foco en Cortés, que se pasea impaciente en la plataforma)

SECRETARIO

Majestad, en la antecámara. Aguarda que le concedáis audiencia...

CARLOS V

¡Que espere el señor marqués!. (Pausa. Más tranquilo) Y... ¿qué le trae de allende la mar a la Corte de Madrid?

SECRETARIO

Se queja, Su Majestad, de despojos y agravios a manos de su excelencia, el señor Virrey de la Nueva España, don Antonio de Mendoza, y del ilustre gobernador de la provincia de Nueva Galicia, don Nuño de Guzmán.

CARLOS V

¿Y qué agravios son esos?

SECRETARIO

Quéjase, Señor, de que el Virrey Mendoza, contrariando las órdenes que vos le habéis mandado, le impide hacer nuevas expediciones por la Mar del Sur, para hacerlas por su cuenta; y que el gobernador Guzmán le ha incautado algunas naves suyas que, tras haber naufragado, fueron a encallar con costas de Nueva Galicia. Y también que el susodicho le impide pasar por tierras y aguas de su jurisdicción, para llegar a la Isla de las Perlas...

CARLOS V

¿La Isla de las Perlas?.... Y ¿qué ínsula es esa?

SECRETARIO

Lo ignoro, Majestad.

CARLOS V

¡Que vengan nuestros geógrafos y consejeros!

(Estos se presentan, rindiéndole cortesías)

CARLOS V

¿Qué sabéis de una isla, llamada de las Perlas, cercana a las costas de Nueva Galicia, allá en la Nueva España?

GEÓGRAFO I

En mayo hará seis años que don Hernán Cortes la reclamara para Su Majestad, fundando en ella la ciudad de la Santa Cruz.

GEÓGRAFO II

Algunos la llaman California y la hacen ínsula, mas otros la suponen tierra firme.

GEÓGRAFO III

Se dice que hacia el norte de ella está el estrecho de Anián, que pasa al Reino de la China y al Reino del Japón.

GEÓGRAFO I

Que la tierra es de buen temple, sana, fértil y con aguas; que tiene ganados, frutas y flores como las de España; hasta higueras y rosas...

GEÓGRAFO II

Que los indios de la costa son robustos y fuertes, dóciles, mansos y domésticos; fáciles a la conversión.

GEÓGRAFO III

Que todos cuantos han ido a la California han sacado muchas perlas. Que si toda la gente de la Nueva España fuera buzos, todos tendrían dónde pescar perlas.

CORTESANOS

(En un susurro)
¡Perlas! … ¡perlas!... las perlas…

ISABEL DE PORTUGAL

El aderezo… ¡la perla!

CARLOS V

¿Y qué opináis vosotros, señores consejeros?

CONSEJERO I

Que siendo tan raras las perlas en Occidente, tenerlas en vuestros dominios os reportará grandes beneficios.

CONSEJERO II

Que asentar en aquella ínsula alguna población permitirá avanzar en el descubrimiento de una ruta más corta a las Islas Molucas...

CONSEJERO III

Que se facilitarán, con este descubrimiento, los tratos con los reinos de Anián, Japón, Tartaria y China.

CARLOS V

De todo ello se sigue que sería muy de provecho extender la Nueva España hasta ese nuevo lindero... Pero esta esforzada empresa ¿A quién se le encomendará? ¿Al Virrey Mendoza o al capitán Cortés?

ISABEL DE PORTUGAL

¿A ese advenedizo, soberbio, mal nacido? Ni pensarlo.

CONSEJERO I

Señor, mirad que no es prudente encumbrar tanto a un hombre, que luego se pretenda vuestro igual y busque derrocaros.

CONSEJERO II

Mejor que un capitán, rodearos de mil vasallos, que más os venerarán y menos problemas han de daros.

CONSEJERO III

El deber de un gobernante es formar instituciones, sin cuidarse de los hombres que las ocupan. Ellas deben ser cauce de las acciones, que no la caprichosa voluntad de sus dirigentes temporales.

CARLOS V

(Queda pensativo un momento, despúes dice:)
Haced entrar al Marqués del Valle de Oaxaca.

(La comitiva de Cortés se pone en marcha hacia la plataforma principal formando una valla. Recorriéndola, Cortés se llega al Emperador y se humilla ante él).

CARLOS V

Levantaos, Señor Marqués. Grandes son los servicios que nos habéis prestado, y mucho se ha beneficiado nuestro reino de vuestras hazañas allende los mares. Y mucho esperamos todavía de vos... (Expectación de todos los presentes). Grande es mi Imperio, y gran brillo dan a él las proezas de caballeros como vos. (Todos se inclinan). Pero también grandes males le acechan: en Italia se lucha contra la Francia de Francisco I; en Alemania conspiran los seguidores de Lutero, el herético; en Albión se extiende el protestantismo, impulsado por Enrique VIII, el Apóstata; y en Argel el eunuco y renegado Azan Agá amenaza nuestro dominio del Mediterráneo...

No es tiempo, mi señor Hernán Cortés, de ensanchar nuestras posesiones, sino de consolidar lo logrado.

Por ello, nos vemos en la necesidad de requerir vuestros servicios para lo siguiente, que es preparar una armada, de 65 galeras y 450 barcos diversos, que irá a combatir a los infieles en Argel para terminar definitivamente con su amenaza.

CORTÉS

(Hincándose)

Se hará como Vuestra Majestad manda.

CARLOS V

Id con Dios, Marqués del Valle de Oaxaca.

(Cortés sale seguido por su lujosa comitiva. Acompaña su partida música fúnebre. Cuando han dejado la escena, CARLOS V llama a su secretario).

CARLOS V

Don Francisco...

SECRETARIO

Su Majestad...

CARLOS V

Escribiréis al Virrey de Mendoza, encareciéndole enviar una nueva expedición a California, a la Isla de las Perlas...

(Salen CARLOS V y la Emperatriz ISABEL. La Corte les rinde homenaje y sale tras ellos.)

(Oscuro)

LOS COMERCIANTES

LOS COMERCIANTES

PERSONAJES:

GIOVANNI FRANCESCO, Cronista de viajes

GÉRONIMO MONTEIRO, Capitán del galeón *San Felipe*, también llamado *La nao de China*.

COMERCIANTES, PASAJEROS Y TRIPULACIÓN de la Nao.

PIRATAS, de la nave *Pelícano*.

La plataforma más alejada representa ahora un galeón comercial, la llamada *Nao de China*, que servía de enlace entre Oriente y Occidente, comunicando a Manila con el puerto de Acapulco. El asta bandera se ha convertido nuevamente en mástil, y sobre él se aprestan velas. De todas partes salen pasajeros, comerciantes, marineros, cargadores indígenas que, en Manila, aprestan a la nave para el viaje mientras recitan a coro la

CANCIÓN DE LOS COMERCIANTES

No existe en el orbe ciudad
en la tierra o el mar
dónde puedas comerciar
mejor que en Manila.
Es Manila emporio oriental
que reúne en su enorme Parián
lo mejor del producto industrial
de los más apartados confines
del mar.

Hay en Manila persas, malabares
etíopes, armenios, holandeses,
senegales, tangalos, macasares;
de América, españoles, portugueses;
más chinos, bengalíes, tártaros, lescares,
mongoles, africanos y franceses,
y en este concurso sin segundo
es compendio feliz de todo el mundo.

Llega a Manila
tal cantidad de enseres,
alimentos exóticos
y mercancías preciosas
(nueces, castañas de la India,
dátiles, cocos, bizcochos de Turquía,
platos de bronce y cobre,
tocas de red, buratos y espumillas,
aguamanil de estaño, espejos de azogue,
cerámica de China, pasamanos de seda,
jabalíes y perros,
loros y elefantes...
que el tiempo se nos pasa
seleccionando aquello más extraño

ameno o caprichoso
con que halagar el gusto
exigente, vulgar o dispendioso
de las cortes de Francia,
España y Portugal…

Al cielo encomendamos nuestra vida,
pues fortuna y honor
van en el viaje
como una apuesta en contra
de piratas malayos,
de tifones, naufragios,
de tormentas de rayos
que incendien nuestra nave;
de hambrunas y de plagas
que se engendren a bordo;
de motines y males
que se dan en el mar…
Una sola desgracia de éstas
y el destino
muy cara nuestra audacia
nos haría pagar…
Nuestras faltriqueras quedarían exhaustas,
nuestras hijas sin dote,
nuestros hijos sin pan,
y las viudas de quienes murieran
miseria padecieran
y sus hijos terrible orfandad.

Más si quiere la buena fortuna,
que a Acapulco la Nao
lograra llegar
nuestra hacienda se multiplicaría
al ciento por uno,
tal vez aún más.

Torna pronto, galeón venturoso,
que Manila te espera
con gran ansiedad.
¡Torna pronto, que llevas contigo
Nuestros sueños de prosperidad!

Los comerciantes se despiden de los pasajeros y se retiran, anhelantes y apesadumbrados. Se eleva el ancla y el navío zarpa. Los marineros hacen diversas tareas, con cuerdas y velas. En cubierta, dos pasajeros dialogan:

GIOVANNI FRANCESCO, CRONISTA DE VIAJES

Perdón por atreverme a importunaros, capitán. Soy Giovanni Francesco, escritor.

GERÓNIMO MONTEIRO, CAPITAN DE LA NAO

Es un placer. Así es que escribís ¿y sobre qué, si me lo permitís?

GIOVANNI

Soy cronista de viajes.

GERÓNIMO

¿De viajes? ¿Y es eso un oficio?

GIOVANNI

La Vieja Europa está ansiosa por saber cuánto pueda de estas nuevas y tan extrañas tierras. Los libros de viajes tienen buena acogida.

GERÓNIMO

Es pues un buen negocio.

GIOVANNI

No tanto como el comercio, sin duda, pero se vive. Y me permite viajar.

GERÓNIMO

No hay nada como vivir en el mar.

(Permanecen contemplando sus aguas unos momentos)

GIOVANNI

Y ¿cuánto estima usted que durará la travesía?

GERÓNIMO

Eso… es difícil decirlo. De Manila a Acapulco hay tres mil leguas, pero la travesía puede durar tres meses, seis meses, no podría predecirlo.

GIOVANNI

Sin embargo, considerando esa distancia, de Acapulco a Manila hicimos sólo un par de meses…

GERÓNIMO

Por la ruta más corta. La nave abandona Acapulco a los 15 grados de latitud, y viaja aprovechando la corriente de California, con los vientos alisios soplando a su favor, hasta las Islas Molucas. De ahí, no hay más que subir al Archipiélago Malayo.

GIOVANNI

¿Y para regresar?

GERÓNIMO

No se puede usar la misma ruta. Hay que esperar al verano, que es cuando sopla el monzón del sureste, para poder abandonar las islas al impulso de sus fuertes vientos. Luego, subir hasta los 40 grados de altitud, para aprovechar la corriente del Pacífico del Norte hasta las costas de California y ahí, tomar la corriente del mismo nombre, que nos lleva finalmente hasta Acapulco.
Pero el tifón o la calma chicha pueden hacer variar nuestros planes, y demorarnos más de la cuenta…

GIOVANNI

Es, sin duda, uno de los mayores recorridos del mundo…

GERÓNIMO

El mayor. Recorreremos casi la mitad del globo terráqueo.

GIOVANNI

¿Y qué es lo que impulsa a toda esta gente a emprender un viaje tan largo?

GERÓNIMO

El dinero, mi señor Francesco, el dinero.

GIOVANNI

¿Se obtienen grandes ganancias con el comercio?

GERÓNIMO

Juzgad vos mismo: un comerciante que pasara de Acapulco a Manila, con mercancías por valor de doscientos ducados, puede realizarlos en las Islas en mil, mil cuatrocientos ducados. Y si allá los invierte en sedas, marfiles o porcelana, y los trae en su regreso a la Nueva España, saca otros dos mil, o dos mil quinientos ducados…

GIOVANNI

¡Buena suma!, pero ¡seis meses de viaje! ¿Y en qué los ocuparemos?

GERÓNIMO

Esperad, que las diversiones no escasearán a bordo. Ved ese grupo ahí.

(Lo conduce ante un grupo muy animado, que juega naipes con gran alborozo)

Hay quien hace fortuna en el comercio, y hay también quien la hace en el juego: Más de una fortuna ha cambiado de manos en el curso de un viaje. Un marinero, jugando, puede hacerse de un cargamento de géneros; y su dueño, por deudas en el juego, puede terminar la travesía haciéndola de marinero…

(Siguen su recorrido. Un grupo rodea a un cantante flamenco y a una gitana que baila)

GERÓNIMO

Una moza como ella bien puede hacer su fortuna en un sólo viaje. Ya sea encontrando un solo protector, rico como Creso, o bien compartiendo su lecho con pasajeros y tripulación, uno a uno.

(Sigue el baile, pero en un rincón, un grupo de frailes está orando).

Esta es una nave de pecadores, pero los Santos Padres no viajan por lucro, sino para llevar a las tierras más lejanas el mensaje del Señor.

(Un fraile, con un gran crucifijo en brazos, cruza la cubierta repartiendo bendiciones. A su paso los hombres se descubren y las mujeres se hincan)

GERÓNIMO

Es la hora del Ángelus. Oremos.

(Inicia el Padre Nuestro. Poco a poco todos los figurantes se unen a la oración, y suben el tono de voz. Luego, el volumen desciende hasta hacerse inaudible)

TODOS

Padre nuestro,
Que estás en los cielos
Santificado sea Tu nombre...

(Oscuro)

(Mismo escenario y figurantes, seis meses después. Tripulación y pasajeros se muestran cansados y maltrechos.)

GERÓNIMO

Buenos días, señor Francesco. ¿Cómo amanecisteis hoy?

GIOVANNI

Agobiado, señor capitán. Agobiado por este bochorno: Cada día es igual de caluroso al anterior, y este mar no parece tener fin.

(Al principio, el capitán no contesta. Se inclina sobre la borda para ver el mar. Después:)

GERÓNIMO

Mirad, don Giovanni, pronto tendremos motivo de alegría (Señala algo en el agua).

GIOVANNI

¿Qué es? Esa especie de esponja, traslúcida y morada….

GERÓNIMO

Se llaman "aguas malas". Y mirad aquellas plantas acuáticas, que arrastran largas raíces; les dicen "perrillos".

GIOVANNI

Los veo. ¿Y aquellos peces que saltan sobre unas como manchas de aceite, que se persiguen y juguetean como si fueran monos?

(Poco a poco, el resto de la tripulación se acerca a borda, señala y admira las plantas y animales que se indican)

GERÓNIMO

A esos les bautizaron como "lobillos". Alegraos, señor Giovanni, que a dichas plantas y animales se les llama las "señas", por ser señales inconfundibles de que nos acercamos a tierra.

GIOVANNI

¿En verdad? ¡Gracias al cielo! ¿Y cuándo arribaremos?,

GERÓNIMO

La costa de California pronto estará a la vista. Sin embargo, a esta altura, es preferible no acercarse a la playa. La corriente marítima que seguimos, llamada de Kuro Shivo, podría empujarnos a la Playa del Mal Arrimo, o a la Punta de Frailes, donde irremediablemente encallaríamos o naufragaríamos...

GIOVANNI

Bien mirado, es preciso tener paciencia. Entonces ¿dónde desembarcaremos?

GERÓNIMO

Seguiremos la costa hacia la Punta de la Península, hasta la población de San José del Cabo, ahí donde se juntan el Océano Pacífico y el Mar de Cortés.

GIOVANNI

Cortés... ¿No es ese el nombre del conquistador de la gran Tenochtitlan?

GERÓNIMO

En efecto, conquistador de la Nueva España y descubridor de la California.

GIOVANNI

¿Así es que a él se debe la colonización de estas tierras? Y ¿qué le trajo a tan desolados parajes?

GERÓNIMO

Le atrajeron las perlas, y ellas fueron su perdición.
(Entra Hernán Cortés, seguido por sus capitanes, y se colocan en la plataforma más cercana al público)

GERÓNIMO

Apodaron a esta tierra la Isla de la Perlas, y la codicia organizó cien expediciones para buscarlas. Viendo obstaculizados sus deseos de prolongar sus conquistas, por el Virrey y otros poderosos de la Nueva España, marchó Cortés a su patria a demandar justicia al Rey. Pero en la Corte, en vez de lograr sus propósitos, Cortés despertó envidias y rencores y fue enviado a pelear contra los turcos, a Argel.

Antes de la batalla, sobre su armadura, Cortés ciño a su pecho una banda de bramante carmesí, y sobre ella colocó un aderezo de esmeraldas, con una enorme perla cogida en estas aguas, a guisa de amuleto…

(En otra plataforma, Cortés y los suyos se aprestan al combate)

GERÓNIMO

Las tropas de Su Majestad sitiaron a la ciudad de Argel. Todo el día, los cañones cristianos hicieron llover fuego sobre los infieles. Pero durante la noche se desató un diluvio, y se mojaron la pólvora y las armas de los españoles, por lo que al día siguiente los argelinos salieron para atacar a los sitiadores.

(Entran los turcos desafiando a los españoles. Se entabla una batalla campal, entre espadas y cimitarras. Sus cuerpos se recortan a trasluz)

GERÓNIMO

La tormenta arreció, y arrojó a la costa más de 150 navíos con provisiones y armas. El Emperador ordenó levantar el cerco, y se produjo una estrepitosa retirada.

CORTÉS

¡No huyan! ¡No huyan!, ¡La batalla todavía no está perdida!

GERÓNIMO

Sus capitanes le instaron a retirarse. Y así, en medio de la tormenta, entre el fango y los cadáveres, luchando con enemigos que les seguían pisándoles los talones, Cortés salvó la vida, mas perdió sus perlas y esmeraldas... y así, aquella guerra costó a él más que a ninguno...

(Pausa)

Desde aquel momento, ya nada le fue igual. En España, el monarca se negó a volver a recibirlo, y no obtuvo contestación a las cartas que le envió.

(Cortés queda solo, en su plataforma, iluminado por un reflector)

CORTÉS

Pensé que trabajar en mi juventud permitiría que en la vejez tuviera descanso; y así, hace cuarenta años que me he ocupado en no dormir, mal comer, traer las armas a cuestas, poner la persona en peligros, gastar mi hacienda, todo en servicio de Dios, trayendo ovejas a su corral de parajes muy remotos, ignotos y no registrados en nuestras escrituras; y acrecentando y dilatando el nombre y patrimonio de mi Rey, ganando y trayendo a su yugo y real cetro muchos y muy grandes reinos y señoríos de muchas bárbaras naciones, ganados por mi propia persona y a mis expensas, sin ser ayudado en cosa alguna, antes muy estorbado por nuestros muchos émulos, que envidiosos como sanguijuelas han reventado hartos de mi sangre…

Véome viejo y pobre, y empeñado en este reino en más de veinte mil ducados…Tengo sesenta años, y hace cinco que salí de mi casa; ya no tengo edad para andar por mesones, en el arrabal de la senectud, sino para recogerme a aclarar mi cuenta con Dios, pues la tengo larga… y poca vida para dar los descargos; y será mejor perder la hacienda que el alma…

(Una campana toca a muerto, cantos gregorianos. Cortés sale lentamente. Oscuro. Pausa. Luego, luz sobre Gerónimo y Giovanni)

GIOVANNI

Extraña historia, en verdad. Y extraña tierra a la que hemos arribado. Varias leguas hemos recorrido, sin que se mire otra cosa que playas desiertas, acantilados inaccesibles y elevadas montañas. ¿Cómo, siendo tan hostil, podrá auxiliarnos?

GERÓNIMO

Esperad a que lleguemos a San José del Cabo, un oasis natural y espiritual a la vez, ya que ahí se encuentra una santa Misión, cuyo padre franciscano se ocupa no sólo de la salvación de los indios, sino del alivio de los navegantes.

GIOVANNI

Ruego a Dios que así sea.

GERÓNIMO

No bien los vigías previenen al Padre del navío que se acerca, éste procura el auxilio a los pasajeros: Ordena que lleven ganado mayor al estero, para luego embarcarlo, lo mismo que hortalizas recién cortadas…

GIOVANNI

¡Carne, verduras! Ya desesperamos por comerlas, tras meses de sólo ver pescado, galletas duras y agua salobre…

GERÓNIMO

Dispone también la comida para todos cuantos saltaren a tierra. En su casa, pone mesa para los oficiales del mar y de guerra, pasajeros y españoles de distinción que vinieran a bordo, y procura regalarlos con lo mejor que ha podido reservar en todo el año…

GIOVANNI

Más quisiera que me convidaran a ese festín, que a otro en el paraíso.

GERÓNIMO

Para los grumetes y otra gente de mar hay también separadamente comida abundante, aunque más ordinaria: Mucha carne fresca y tortillas, como se usa en la Nueva España; y aún se procuran víveres frescos para los pobres filipinos, que deben ocuparse en hacer la aguada, mientras dura la escala…

GIOVANNI

Pero esperad, capitán… ¿Y los precios? Aún recuerdo que el mes pasado, en la subasta que se hizo de la última gallina viva a bordo, ésta alcanzó como precio casi su peso en oro…

GERÓNIMO

(Ríe) Descuidad, que los Padres han dado siempre todo esto libremente y sin poner precio a cosa alguna. En correspondencia, venimos provistos de algún regalo a bordo: alguna ropa de algodón, alguna seda para el altar de la iglesia, y platos de porcelana china con sus tazas, que en modo alguno alcanzan a retribuirlo por su hospitalidad. Más ellos se contentan con que todos vayan, como van, muy agradecidos por la cristiana caridad con que han sido tratados.

GIOVANNI

Dios los bendiga. ¡Y Dios bendiga a esta tierra, tan prudentemente colocada a la diestra mano de las Indias!
(Pausa)

GERÓNIMO

Mirad, fijaos en aquellas rocas. ¿Qué es lo que veis?

GIOVANNI

Veo… como una cordillera se adentra en el mar… y en su extremo dos rocas, altivas y solitarias, a pesar del oleaje que las golpea… y ahora veo que en uno de esos cerros se ha esculpido un arco, como un portal enorme… a través del cual se puede ver nuevamente el mar…

GERÓNIMO

Eso es Cabo San Lucas, la punta más extrema de la península; y lo que se ve a través del arco es el Mar de Cortés, que aquí une sus aguas con las de la Mar del Sur…

VIGÍA

(Grita). Capitán, a babor se divisa una nave…

GIOVANNI

En efecto, aunque lejana, ya puedo distinguirla.

GERÓNIMO

¡Tratad de distinguir su nacionalidad!

VIGÍA

No lleva insignias, ni banderas, mas por su quilla y velas pareciera inglesa.

GERÓNIMO

¡ Qué extraño!. (Llama a un oficial) Que sus hombres se apresten para la defensa.

(Algarabía entre la tripulación. Los pasajeros corren de un lado a otro).

VIGÍA

Ya distingo el nombre en proa. Es el *Pelícano*. Nos hace señales… ¡y nos conmina a rendirnos!

(El Pelícano dispara una salva de cañonazos. De entre las rocas del fondo salen los piratas y se lanzan al abordaje, gritando fieramente. Los tripulantes del San Felipe se defienden. Gritos, confusión, peleas con sable. Muertos y heridos. El capitán y el cronista, lo mismo que muchos pasajeros son hechos prisioneros. Atados con cuerdas, los sacan de escena…)

(Oscuro)

LOS PIRATAS

LOS PIRATAS

PERSONAJES:

LOS PIRATAS DE SU MAJESTAD:
- SIR FRANCIS DRAKE
- SIR JOHN HAWKINS
-SIR THOMAS CAVENDISH

TRIPULACION DE LOS BARCOS *PELICANO,*
DESEO Y *CONTENTO*

ISABEL I DE INGLATERRA, LA REINA VIRGEN
SU CORTE:
- LORD CHAMBELÁN
-MINISTRO BURGHLEY
- LORD SUSSEX

FELIPE II, REY DE ESPAÑA
DUQUE DE MEDINA- SIDONIA
SUS CONSEJEROS

Cerca de la playa se ha reunido un grupo de piratas, liderados por Francis Drake. Al fondo se divisan las velas de una carabela, en cuyo mástil ondea la bandera negra con una calavera. Los piratas sacan unas barricas de ron y empiezan a celebrar su victoria. Brindan y entonan el

HIMNO DE LOS PIRATAS

Navega el barco, navega,
sin temor al enemigo.
que tormenta ni bonanzas
a torcer su rumbo alcanzan
ni a sujetar su valor.

El océano entero es mío,
y cuánto abarca el mar bravío;
que nadie me impuso leyes
y no hay playa, ni bajeles
que no pueda dominar.
Mi bandera es mi derecho
y no tengo aquí en el pecho
¡más que coraje y valor.

Son mi música mejor
el estrépito y temblor
de los cables sacudidos,
del negro mar los bramidos
y el rugir de mi cañón.
que es mi barco mi tesoro
que es mi Dios la libertad;
mi ley: la fuerza y el viento
y mi sola aspiración
engrandecer a mi patria
¡Que viva por siempre Albión!

FRANCIS DRAKE

(Apareciendo de atrás de las rocas)

¡Marineros!: Comparezco ante ustedes para certificar su coraje, audacia y patriotismo. Una vez más, Inglaterra debe a sus esfuerzos la victoria sobre nuestros enemigos, los odiados españoles.

(Un grito unánime: ¡Mueran!)

En Lima y en Panamá, en Valparaíso y Callao la suerte ha estado de nuestra parte, y con la caída del *San Felipe* nuestra bodega se ha colmado de riquezas.

(Gritos: ¡Viva! ¡Hurra!)

FRANCIS DRAKE

Es tiempo de regresar a casa: Inglaterra nos espera. Dejaremos estas costas que nos han sido propicias, para ir al encuentro de nuestra dulce Albión.

(Gritos de júbilo, grandes manifestaciones de entusiasmo)

Pero no abandonemos estas playas, sin antes hacer votos por un pronto regreso: Ellas nos han acogido y provisto; ellas nos han protegido mientras acechamos al enemigo, y otro tanto han hecho por nuestras camaradas, John Hawkins y Thomas Cavendish.

(Ademanes de asentimiento)

Ya sir Walter Raleigh ganó para Inglaterra un espacio en América, el territorio de Virginia, allá en el Mar del Norte. Nosotros le daremos uno nuevo en el Mar del Sur, y la Nueva España pronto caerá cercada por la Nueva Albión.

(Nuevas manifestaciones de júbilo)

¡Escuchad!: En nombre de Inglaterra y de nuestra Soberana, reclamo potestad sobre esta tierra y cuanto en ella hubiere, y así la bautizo: De ahora en adelante sea su nombre Nueva Albión.
(Aclamaciones)

(La acción se inmoviliza, mientras arriba a otra plataforma la Corte de la Reina Isabel; y luego la propia soberana).

LORD CANCILLER

Su Majestad, Isabel de Inglaterra.

(Cortesías al paso de la soberana, que arriba al tono. El Lord Canciller, en aparte a la Reina)
Señora, el Embajador español solicita ser recibido

(La soberana asiente, y el Lord Canciller anuncia:)

El Duque de Medina-Sidonia, excelentísimo Embajador de su Majestad Felipe II de España.

DUQUE DE MEDINA-SIDONIA

Su Majestad (reverencia).

ISABEL I

Señor ¿qué noticias traéis de aquella venerable y lejana corte?

DUQUE DE MEDINA SIDONIA

Un saludo real para Su Majestad, y un reclamo de justicia para nuestra patria.

ISABEL I

¿Yo debo hacer justicia? ¿y en qué materia, si me permitís?

DUQUE DE MEDINA SIDONIA

En hacer valer los derechos de la Corona Española en el Nuevo Mundo, Majestad.

ISABEL I

¿Y quién osa desafiar esos derechos, señor Embajador?

DUQUE DE MEDINA SIDONIA

Un súbdito vuestro, Señora

ISABEL I

(Sarcástica) Un súbdito inglés, señor Duque, un súbdito inglés. ¿Y quién es ese osado, temerario, insolente... delincuente? ¿Me lo diréis vos, Señor?

DUQUE DE MEDINA SIDONIA

Francis Drake, Su Majestad

ISABEL I

¿Francis Drake? ¿Y de qué lo acusáis?

DUQUE DE MEDINA SIDONIA

Señora, de numerosos actos de piratería. Ha sido él quien, en su navío *Pelícano*, ha saqueado primero las costas españolas, y después ha pasado al Nuevo Mundo, al puerto Nombre de Dios en Panamá, donde capturó un embarque de oro del Rey, proveniente del Perú. Después, para evitar el riesgo de encontrarse con la Escuadra Española, pasó al sur, costeando Brasil y Argentina, acompañado de otras cuatro naves que había capturado en el Estrecho de Magallanes. Perdió dos, pero continuó por el Pacífico y arribó a Valparaíso primero, donde detuvo un buque cargado de plata en barras, y al Callao después, donde se hizo de un barco que conducía riquezas valuadas en 900 mil libras esterlinas.

En octubre de 1579 llegó a las Filipinas y de ahí pasó a las Molucas y luego a Java, donde comerció con los nativos sin que las naves españolas lograran detenerlo.

En el camino de regreso atracó al barco *Nuestra Señora de la Concepción*, lo que le reportó un botín de un millón de ducados; y luego emboscó, en la Península de California, a la *nao de china*, el *San Felipe*, que llegaba a América con un rico cargamento.

Tras esta última fechoría, pareciera venir de regreso a Inglaterra, ya que se le ha visto en el Pacífico, y después en Cabo de Hornos y el Caribe. Ahíto de riquezas ya no ataca más barcos; pareciera querer arribar a este Reino para disfrutar de aquéllas.

Ved pues, Señora, cuán larga cuenta tiene este hombre: Barcos saqueados, galeones hundidos, ciudades tomadas a sangre y fuego, tripulaciones enteras e inocentes pasajeros marítimos vejados y sacrificados...

Mi señor, Felipe II, espera de vos justicia: Espera que en cuanto aquel corsario desalmado toque tierras inglesas, sea remitido a España para ser castigado; y que el producto de sus muchos hurtos nos sea también devuelto.

Así será Dios loado, y en todo el orbe se cantaran las virtudes de Vuestra Majestad.

ISABEL I

Os hemos escuchado con atención, Vuestra Excelencia, y os prometemos que se hará justicia. Cuando tornéis a vuestra patria, decid a nuestro hermano, don Felipe, que la reina de Inglaterra hace votos por que la providencia no sea con él tan rigurosa como yo lo seré para con este truhan de los mares.

(El Embajador se despide y sale. La Reina tiene un aparte con el Lord Chambelán, quien se retira un momento, y luego anuncia:)

LORD CHAMBELÁN

¡El caballero Francis Drake!

(La corte se asombra y cuchichea. Entra Francis Drake)

FRANCIS DRAKE

Su Majestad...

ISABEL I

(Severa)

Levantaos, caballero... Y bien, esta Corte recién ha escuchado horrores sin fin; pecados nefandos de lesa humanidad. Se os acusa, Señor, de provocar la ruina del Imperio Español: ciudades saqueadas, navíos hundidos, haciendas diezmadas, miles de homicidios... Decid: ¿qué podéis alegar a vuestro favor?

FRANCIS DRAKE

¡Ah, Señora! Soy víctima de las apariencias. Os aseguro que todo cuanto hemos hecho ha sido para enaltecer a Inglaterra, y hacernos gratos a vos.

ISABEL I

¿Haceros gratos a mis ojos? ¿Destrozando un continente? ¿Llenando de terror los siete mares?

FRANCIS DRAKE

Señora, no apreciaríais a vuestros lebreles si no acosaran a la presa que deseáis cobrar; ni estimaríais a vuestros halcones, si no cobraran las piezas que ambicionáis.

ISABEL I

¿Y ando yo de cacería, por ventura?
FRANCIS DRAKE

Señora, que más vale ser cazador que cazado.
Carlos V practicó la tolerancia religiosa, mas su hijo ha dado muestras de ser de distinta condición: La Inquisición siembra el terror lo mismo en el Viejo que en el Nuevo Continente, y la lucha en Flandes se ha recrudecido. Si Felipe II impone su dominio en los Países Bajos, su próxima presa será Inglaterra...

ISABEL I

¿Protegeremos nuestra religión y soberanía con actos de rapiña?

FRANCIS DRAKE

El fin justifica los medios, como veréis enseguida.

(Da unas palmadas, y entra un grupo de piratas con tres cofres en andas. Drake abre uno y ofrece una barra de oro al Ministro Burghley)

FRANCIS DRAKE

Ministro Burghley: capturar un sólo barco nos reporta lo mismo que los impuestos de la corona por todo un año. Tomad este presente, en prueba de mi amistad.

MINISTRO BURGHLEY

No mancharía mis manos tocando cosas robadas.

FRANCIS DRAKE

(Abre otro cofre y saca un plato de oro: lo ofrece a Lord Sussex:)

Una sola ciudad conquistada y podríamos sostener un ejército dos veces más poderoso que el que comandáis, por todo un año. Lord Sussex, ¿aceptaréis esta prenda de mi estima?

LORD SUSSEX

No ensuciaría mi alma haciéndome vuestro cómplice.

FRANCIS DRAKE

(Abre el tercer cofre y saca un aderezo de esmeraldas. Lo presenta a la Reina)
Todo cuanto contienen las bodegas de mis naves servirá para montar la defensa de mi patria. ¿Aceptaréis, Majestad, este homenaje del más humilde de vuestros siervos?
(Le presenta la joya de rodillas)

ISABEL I

(Contemplándola)
Cinco esmeraldas perfectas, y en oro están engarzadas. Cada una representa una figura distinta: Una rosa, una corneta, un pez con los ojos de oro y una taza, y aún una campanilla de la que pende, como badajo, una perla más grande que un huevo de ave. ¡Que joya extraordinaria!

FRANCIS DRAKE

Dicen, Señora, que era de don Hernán Cortés el conquistador: su adorno más preciado; y que por no dárselo al rey como presente para su amada cónyuge, cayó un día de su gracia. Luego lo perdió en Argel, cuando combatía a los moros; y yo en Cádiz lo he tomado.

ISABEL I

Y ¿qué fue de aquel valiente que dio tanto lustre a su patria?

FRANCIS DRAKE

Cuentan, señora, que un día el viejo conquistador interceptó la carroza real y se subió en el estribo; y le preguntó el monarca, al verlo asomado a su ventana: Y tu ¿quién eres, buen hombre?. Y Cortés le replicó: *"Soy quien os ha dado más reinos, que ciudades os dejaron vuestros padres"*.

ISABEL I

(Enojada)

¡Insolente! ¿Es así como exigís recompensa a tu Soberana? ¡Vive Dios que haré justicia, como se me reclamara! ¡Caballero: vuestra espada! (Drake, sumiso, se la da y se arrodilla para pedir perdón). Rendid la cabeza... y ahora...

(Lo toca en ambos hombros con la espada, y con voz amable dice:)

¡Levantaos, sir Francis Drake, caballero de Plymouth!

(La corte prorrumpe en exclamaciones de júbilo que, poco a poco se van apagando conforme bajan de intensidad las luces. Luego, todos se inmovilizan mientras entran a escena, en otra plataforma, un grupo de frailes, que entonan un canto gregoriano. Después, Felipe II y sus consejeros).

CONSEJERO

Su Majestad, el Duque de Medina Sidonia ha regresado de su embajada en Inglaterra y desea veros.

FELIPE II

Hacedlo pasar

DUQUE DE MEDINA SIDONIA

¡Señor! (Se arrodilla y le besa la mano)

FELIPE II

Levantaos, señor Duque. Contadnos el resultado de vuestra embajada.

DUQUE DE MEDINA SIDONIA

Su Majestad, largo e infructuoso ha sido mi viaje. La reina Isabel, e Inglaterra entera, no sólo no repudian los actos de piratería que sufre la Flota Española, sino que los festejan y aún los fomentan: Poco después de haber presentado vuestras justas reclamaciones a la soberana inglesa, ella recibió en Palacio al pirata Drake, ¡y lo ha armado Caballero!

FELIPE II

(Iracundo)
¡Que atrevimiento! ¡Esto ya no puede tolerarse! ¡Señor Duque, es necesario un escarmiento!

DUQUE DE MEDINA SIDONIA

¡Ordenadme, Señor!

FELIPE II

Preparad una armada: La más poderosa que jamás se haya visto. Acudid a Portugal, a Castilla y Andalucía. Id hacia Levante: Italia, Venecia, Magucia. Reunid galeones, bajeles, carabelas. Aprestad marineros, soldados, artilleros. ¡Les obligaremos a pedir clemencia y perdón!

(Un caballero, a galope, parte de las rocas traseras y traza varias circunvoluciones. Arriba a la plataforma donde se encuentran Isabel I y su corte. Desciende de su caballo y entrega un correo al Lord Chambelán).

LORD CHAMBELÁN

(Dirigiéndose a Isabel I)

Felipe II ha enviado en contra nuestra una flota de guerra, a la que ha bautizado como la Armada Invencible. Dícese que está formada por no menos de 130 navíos de guerra, once mil marinos, veinte mil soldados y tres mil piezas de ordenanza... Intenta destruir nuestra flota y ejército, y anexarnos a sus posesiones.

Felipe II alega derechos al trono de Inglaterra, pretendiéndose heredero de los Lancaster y Plantagenet... . ¡Señora, la catástrofe se avecina!

¡Señor: Piedad para el pueblo inglés!

ISABEL I

¡Sir Francis Drake! ¡Sir Walter Rahleig! ¡Cavendish, Hawkins! (Todos dan un paso al frente y se inclinan) ¡Inglaterra os llama! ¡Aprestaos a defenderla!

(A todos)

¡Mi pueblo bien amado!: Estoy con vosotros, dispuesta a morir o vivir con mis súbditos en medio del combate, a derramar mi sangre sobre el polvo si es necesario.

(Música marcial. una bengala estalla tras las rocas)

¡Que tiemblen los tiranos! Tengo el cuerpo de una débil mujer, pero también el corazón de un rey... ¡y de un Rey de Inglaterra!

(Música – relámpagos fingidos con iluminación – cañonazos)

Puesto que el deshonor quiere atraparme, empuñaré yo misma las armas; seré vuestro general y el juez de vuestras hazañas en el campo de batalla.

(Se multiplican los efectos de combate)

¡A las armas!
¡A las armas!
¡Derrotad al invasor!

(Música y luces suben al máximo)

LOS MISIONEROS

PERSONAJES
LOS JESUITAS:
PADRE PROVINCIAL DE LA COMPAÑÍA DE JESÚS.
PADRE JUAN MARIA SALVATIERRA.
PADRE EUSEBIO FRANCISCO KINO.
PADRE JUAN DE UGARTE.
FRAILES.
LAS AUTORIDADES VIRREINALES:
DON JOSE SARMIENTO VALLADARES, Conde de Moctezuma y virrey de la Nueva España
ALMIRANTE ISIDORO ANTONDO Y ANTILLON.
SOLDADOS Y BANDA DE GUERRA.
LOS ABORÍGENES:
    PERICÚES
    GUAYCURAS
    COCHIMÍES

(Música sacra. Al iniciarse el cuadro, la escena esta desierta. Por las dunas entra una procesión de padres jesuitas, entonando el *Salve* en voz alta. Llegan hasta la plataforma más alejada y ahí se acomodan. Sale otra procesión y repite estos movimientos para colocarse en la plataforma más cercana al público. En la primera se encuentra el padre Juan María Salvatierra, en la segunda el padre Eusebio Francisco Kino. Detrás de las gradas sale el virrey, Conde de Moctezuma, con una reducida corte, acompañado por don Isidoro de Antondo y Castillo. Se colocan en la plataforma central. Se utilizarán pendones para identificar los distintos sitios donde ocurren las acciones simultáneas)

PADRE KINO

(En la plataforma central)

"Mi queridísimo hermano en Cristo, Juan María Salvatierra: regreso de la Baja California con el corazón henchido de amor por aquellas remotas regiones, tan privadas de recursos materiales como de auxilios espirituales. El viaje ordenado por Su Majestad Carlos II, para poblar esa Última Tule de la Nueva España, el año de gracia de 1677, ha sido fallido; pero tanto el Almirante, don Isidoro Atondo y Castillo, al mando de la expedición, como este humilde siervo del Señor, estamos convencidos de cuán gran obra de caridad, y empresa de apostólico celo, sería el llevar la palabra de Cristo a aquellas naciones barbáricas, que todavía hoy viven y mueren privadas de la redención.

"De todo corazón solicitamos unas tus esfuerzos a nuestra cruzada, y ruegues a la Santísima Virgen proteja y auspicie esta misión de evangélico amor".

CONDE DE MOCTEZUMA

(En la plataforma izquierda)

Señor Almirante, el gasto de vuestra expedición ha ascendido a los veinticinco mil pesos, y el erario de la Nueva España no puede derrochar más en esta empresa. Un siglo de esfuerzos por conquistar aquella región prueban suficientemente lo imposible de esa intención.

ALMIRANTE ANTONDO

¡Pero señor Virrey, pensad en los beneficios de la empresa! La península es hoy escondrijo de piratas, que medran a costa de nuestro comercio con Oriente, y no pasa año sin que Rusia o Inglaterra pretendan reclamarla para sí, para hacerla cabeza de playa de una futura invasión. La seguridad de la Nueva España lo exige: debemos poblar aquella región.

CONDE DE MOCTEZUMA

Ni aun así me persuadiréis.

PADRE SALVATIERRA

(En la plataforma derecha)
"Mi queridísimo hermano en Cristo Jesús, Eusebio Kino: tras de haber compartido con vos las tareas apostólicas propias de nuestra Orden en la Tarahumara, ardo en deseos de entrar en aquellas remotas tierras de la California, llevando el divino mensaje a nuevos catecúmenos.

"Tanto he encarecido a nuestra Padre Provincial el gran beneficio que traerían a nuestro Señor el Rey estos trabajos, que me ha autorizado a colectar limosna para esta gran empresa…"

PADRE KINO

(En la plataforma frontal)
"Queridísimo hermano Salvatierra: mucho agradezco los esfuerzos que hacéis por llevar adelante la conquista espiritual de California, y rezo a Dios y a la Santísima Virgen por la gracia de pronto reunirme con vos para ir al auxilio de aquellos gentiles.

"No obstante, a punto de retirarme de estas tierras, los indios tarahumaras han puesto en duda su fe en Cristo y ha sido necesario permanecer entre ellos y tratar de volverlos al redil, lo que espero lograr con el apoyo divino. Hasta entonces, tenedme al tanto de vuestros progresos en la Corte".

ALMIRANTE ANTONDO

Excelentísimo Conde de Moctezuma, perdonad si vuelvo a importunaos con el asunto de la colonización de California. El reverendo Padre Provincial de la Compañía de Jesús, que me acompaña, quisiera deciros algunas palabras.

CONDE DE MOCTEZUMA

Hablad, reverendo Padre.

PADRE PROVINCIAL

Señor virrey: Vos, mejor que nadie conocéis los servicios que ha prestado la Compañía a la pacificación y civilización de la Nueva España...

CONDE DE MOCTEZUMA

Sin duda, reverendo Padre...

PADRE PROVINCIAL

Y estáis al tanto de los deseos de nuestro Visitador de Misiones, el padre Salvatierra, y de nuestro representante en la Alta Tarahumara, el padre Kino, de cristianizar California...

CONDE DE MOCTEZUMA

Lo sé, reverendo Padre, pero precisamente la rebelión de los indios tarahumaras cuesta al Estado...

PADRE PROVINCIAL

No debemos permitir que lo material se interponga en el camino de lo espiritual El padre Salvatierra ha sido muy eficiente en su búsqueda de recursos, y lo ha arreglado todo para costear su viaje y mantenimiento en los primeros meses; después, Dios proveerá…

PADRE SALVATIERRA

(En la primera plataforma)
"Queridísimo padre Kino: he recibido nuevas alentadoras de la corte virreinal. El Padre Provincial está en espera de una Cédula Real, que nos permita pasar a la provincia de California en breve tiempo".

(Entra un grupo de soldados y hace valla al Conde de Moctezuma. Una banda de guerra, de cornetas y tambores. Los frailes se disponen en semicírculo para escuchar la siguiente proclama:)

CONDE DE MOCTEZUMA

"Yo, José Sarmiento Valladares, Conde de Moctezuma, Virrey de la Nueva España y Presidente de la Real Audiencia, habiendo visto el memorial presentado a Su Majestad Carlos II por la Compañía de Jesús, e impuesto de que los reverendos padres Juan María Salvatierra y Eusebio Francisco Kino, por sí solos y sin otra ayuda han logrado la reducción y el bautismo de cinco mil infieles, que están perseverantes en nuestra Santa Fe en diversos lugares y minas; y solicitan licencia para pasar a ejercer su ministerio en la California; y habiendo conocido que la entrada a dicha provincia ha de ser a costa de las limosnas que el celo y la cristiandad de algunas personas han ofrecido contribuir, ha parecido preciso a mi obligación de cristiano, vasallo y criado de Su Majestad conceder, como concedo, la licencia que piden dichos padres; y porque sé es justo se atienda a la seguridad de sus personas, y prevenir las contingencias y accidentes que puedan sobrevenir de sublevación de los gentiles, les concedo a dichos padres puedan llevar la gente de armas y soldados que pudieran pagar y municionar a su costa…"

(Frailes y soldados salen, encabezados por el padre Salvatierra.
Queda solo el padre Kino).

PADRE KINO

"Queridísimo padre Salvatierra: ¡Cuánta alegría me reporta el saber que ya todo está a punto para pasar a la California!
"¡Dios bendiga a don Pedro Gil de la Sierpe, Tesorero de Acapulco, por haber facilitado dos embarcaciones para hacer la travesía; y al Conde de Miravalle y al Marqués de Buenavista, a don Juan Caballero y tantos otros por financiar nuestra empresa!
"Lo único que lamento es no poder realizar la travesía con vos: Nuestro Padre Superior me envía a la provincia de Sonora, donde se han rebelado las tribus chichimecas y pimas, y hace falta tornarlas a la senda del bien.
"Pero su merced no debe por esto demorar el viaje, que en cuanto la Divina Providencia lo juzgue conveniente me le reuniré..."

(Una pequeña embarcación se acerca a la orilla de la playa. De ella descienden el padre Salvatierra y algunos frailes y soldados. El padre enarbola un estandarte con la Virgen de Loreto. Luego que bajan, la goleta se empieza a retirar)

PADRE SALVATIERRA

Dios te salve María, llena eres de gracia; y ésta se manifiesta en haber protegido nuestro viaje y habernos conducido a este Puerto de San Bruno, donde erigiremos el primer santuario de esta tierra.
Bendita tu eres, entre todas las mujeres, y a ti encomendamos el buen éxito de nuestra empresa.

(Un grupo de indígenas se va aproximando a los recién llegados, los rodea y los sigue hasta la plataforma central).

Santa María, Madre de Dios, ruega por nosotros, pecadores, y por estos pobres indios, dejados de la mano de Dios, a los que con tu auxilio conduciremos al seno de Nuestra Santa Madre Iglesia...

(Detrás de las rocas entra un grupo de soldados a caballo, se acercan a la plataforma central y desmontan. Los indios los miran con curiosidad y luego examinan a los equinos de cerca)

... y no nos dejes caer en tentación. Amén.

(Los indios apartan un caballo, y con grandes gritos lo conducen, corriendo tras de él, al otro lado de las dunas. Detrás de ellas se oyen por un momento sus relinchos. Tres o cuatro soldados corren tras la loma. Después regresa uno y le dice al padre Salvatierra)

SOLDADO

¡Padre, Padre! que estos bárbaros, para cuando llegamos, ya habían muerto al caballo y lo estaban desollando y preparándose para comerlo crudo.

PADRE SALVATIERRA

Dejadlos estar. Es que en estas tierras hay mucha necesidad. Demos de comer a nuestros hermanos, y después dispongámonos a buscar donde pernoctar.

(Oscuro)

(La pequeña goleta llega nuevamente a la orilla. De ella descienden el padre Kino y el padre Juan de Ugarte. El padre Salvatierra viene a su encuentro, seguido por los californios).

PADRE SALVATIERRA

Bienvenidos, hermanos, ¡loado sea el Señor por haber permitido vuestro arribo! ¡Si supierais con cuanta ansia os he esperado para emprender la conquista espiritual de este territorio! Mirad a nuestros hijos en Cristo, cuán dóciles y obedientes esperan instrucción.

¡Si vierais como, aún sin conocerlo, estos pobres indios ya aman a Dios!

¿Veis aquel lienzo, con la Virgen y el Niño? Cuando lo descubrieron las indias californias, se agolparon todas en torno a la capilla y, metiendo las tetas por entre la empalizada, pedían amamantarlo; ¡tanta fue la ternura que les inspiró! Con que dispongámonos a sembrar la simiente de nuestra religión en un campo tan propicio: Cada uno tomará un pueblo a su cargo, y con la venia del Señor, construirá en él una misión para albergar nuestra fe.

(Los tres padres se colocan en las tres plataformas, y en torno suyo se agrupan las tres tribus aborígenes. Sobre la plataforma más alejada se dirige un reflector)

PADRE UGARTE

Pueblo Pericú ¿cuál es vuestra vida? ¿Cuál vuestro origen y situación?

(Los Pericúes repiten rítmicamente los siguientes versos:)

ORACIÓN DE LOS PERICÚES

Soledad es lo nuestro,
la soledad en llamas.
El sol brilla en lo alto
para quemar nuestra ansia
de comunión, de encuentro
con los progenitores.

Niparajá
Señor de tierra y mar
habita en el espacio
azul interminable
y aunque no tiene cuerpo
le ha hecho a su mujer un hijo.
Fue un hombre verdadero
y vivió mucho tiempo
en esta nuestra tierra.
Para hacer a los hombres
y para adoctrinarlos.
predicaba la paz
y la armonía entre hermanos,
Pero ellos, los ingratos,
mentirosos, traidores
contra él se conjuraron:
Le apresan, le dan muerte
poniendo en su cabeza
como un ruedo de espinas
emponzoñadas...
Por eso estamos solos,
olvidados de Dios,
en esta tierra estéril
ardiente, abandonada:
Por nuestra alevosía,
por nuestra gran soberbia,
nos ha desprotegido,
no ha dado la espalda.

PADRE UGARTE

¡Qué oigo! ¡Señor, esto es maravilloso! Estos pobres indígenas, aislados del mundo por generaciones, saben de tu existencia: ¡Saben de tu Sagrada Concepción, de tu misteriosa encarnación en Dios Hijo, de Tu apostolado, pasión y muerte por
la redención de nuestros pecados!

(Todos se arrodillan en torno al padre Ugarte y oran en silencio; después, el reflector ilumina la plataforma central).

PADRE KINO

Desventurado pueblo guaycura: ¿Qué males os afligen? ¿Cómo podremos ayudaros?

(Los guaycuras entonan la siguiente respuesta:)

PLEGARIA DE LOS GUAYCURAS

Así como el sol,
la luna y las estrellas
que el firmamento surcan
para caer al mar
cada noche o mañana
tiñendo al apagarse
de bermellón el agua
Así de nuestra playa
un día nuestro Dios
por siempre se apartaba
para volver al norte
allá donde moraba.
¿Regresará algún día?
¿Vendrá del mar océano
guiado por delfines,
por mantas custodiado?,
¿o acaso ya disuelto
en círculos de espuma
por siempre a sus criaturas
nos ha abandonado?

PADRE KINO

¡Oh, cuán pobres seréis, mis míseros hermanos, que privados
de Dios habéis vivido, por centurias ignorados! Imploremos su
ayuda: Rezad como os enseñaré:

> Padre nuestro
> que estás en los cielos...

(Todos rezan un fragmento del Padre Nuestro, mientras el reflector llega a la plataforma frontal:)

PADRE SALVATIERRA

Hijos míos, cochimíes, decidme: ¿Cuál es vuestro Dios, y donde habita? ¿De qué supersticiones debemos desahogaros?

(Los cochimíes recitan:)

ORACIÓN DE LOS COCHIMÍES

> Arriba en lo alto
> habita el poderoso
> Señor que nos creara.
> Nunca tuvo mujer
> y no obstante dos hijos
> el sólo ha procreado.
> Pero el padre y los hijos
> no son ya tres personas
> sino únicamente un ser
> innominado:
> Se llama "el que vive"
> porque sin duda existe;
> se le nombra "el que
> hace a todos los señores"

pues el ser nos ha dado.
Se le hace cada año
la fiesta "del que del cielo viene"
pero nunca ha llegado.
Es así que es inútil
pensar en alcanzarlo
pues cuando llega el tiempo
los espíritus malos
se llevan a los hombres
debajo de la tierra
a un lugar amargo
cuidado por ballenas,
por siempre aprisionados
y nunca ya su rostro
veremos los humanos.

PADRE SALVATIERRA

¡Oh, pueblo portentoso, y tierra donde lo más insólito puede suceder! ¿De quién habéis recibido noticia de nuestra Santa Doctrina? ¿Por qué misteriosos medios ha obrado la Divina Providencia para revelaros el misterio de la Santísima Trinidad? Cierto, Dios Padre ha prometido el arribo de Dios Cristo, y en este día esa promesa se cumple. No desesperéis: ¡Él ya no os abandonará!

(Todos adoptan una actitud devota
mientras se ilumina la escena).

MÚSICA FINAL

APÉNDICE
CRONOLOGIA DE LA HISTORIA DE BAJA CALIFORNIA

CUADRO 1
LOS ABORÍGENES

En 1909 Paul Rivet postuló por primera vez la procedencia de los antiguos pobladores del extremo sur de la Península a través del Océano Pacífico, desde Oceanía. Dichos pobladores serían los antecesores de los pericúes. En cambio, cochimíes y guaycuras tendrían su origen en tribus como los yumas, habitantes de la Alta California; parte de los cuales se habrían desplazado hacia el sur, expulsados por un periodo de cruentas e intensas guerras.

CUADRO 2
LAS AMAZONAS

El libro de caballerías *Las sergas de Esplandián*, donde figura la historia de Calafia, la reina del mítico pueblo de las amazonas, se publica en Sevilla el 31 de julio de 1510. Era conocido por los conquistadores, pues lo citan Bernal Díaz y Hernán Cortés.

Fortún Jiménez, junto con veinte amotinados, arribó en 1533 a Baja California y fue muerto con sus compañeros por loa indios californios cuando intentaban raptar a sus mujeres.

CUADRO 3
LOS CONQUISTADORES

Hernán Cortés, a bordo de sus naves *Santa Águeda, San Lázaro* y *Santo Tomás*, arribó a la bahía de La Paz, B. C., el 3 de mayo de 1535. No logró establecer una colonia y regresó a la Nueva España.

CUADRO 4
LOS CORTESANOS

En 1540 Cortés viajó a España para defender su derecho a continuar explorando el Mar del Sur y la supuesta Isla de California ante el emperador Carlos V, quien dio largas al asunto y en su lugar lo invitó a acompañarlo a la expedición contra Argel. La flota española desembarcó en ese país el 24 de octubre de 1541, donde una tormenta hizo naufragar a 150 navíos de guerra y contribuyó a que la batalla entablada en tierra significara una gran derrota para la corona española.

CUADRO 5
LOS COMERCIANTES

En 1565 Fernando de Urdaneta descubre el "tornaviaje", o sea la ruta de regreso de las Islas Filipinas a la Nueva España, y poco tiempo después implementa la ruta comercial de la *Nao de China*, que en su recorrido Manila – Acapulco hacía escala en San José del Cabo, B. C.

CUADRO 6
LOS PIRATAS

En 1579 el pirata inglés Francis Drake, a bordo de su nave *Pelícano* atacó al galeón español *San Felipe* frente a Cabo San Lucas, inaugurando así un periodo de hostilidades inglesas a las propiedades españolas en el nuevo continente, que culminaron con la pretendida invasión española a Inglaterra, con la consecuente derrota de la Armada Invencible de Felipe II, cuando se dirigía en expedición contra Albión en 1588.

En 1697 los sacerdotes jesuitas José María Salvatierra y Eusebio Francisco Kino reciben licencia imperial para evangelizar y civilizar a los indios californianos. En los siguientes 70 años los jesuitas fundan 18 misiones a lo largo de la península, lo que les permitió educar y cristianizar a sus habitantes.

BOAL, ROBERTO. *Hernán Cortés*. Promociones Editoriales Mexicanas. México, 1981.

BONFIL BATALLA, GUILLERMO. *México profundo. Una civilización negada*. CIESAS / SEP, México, 1987.

BOSCH GARCÍA, CARLOS. *Sueño y ensueño de los conquistadores*. Instituto de Investigaciones Históricas. UNAM. México, 1987.

CLAVIJERO, FRANCISCO XAVIER. *Historia de la Antigua o Baja California*. Colección "Sepan Cuantos". Editorial Porrúa. México, 1982.

CORTÉS, HERNÁN. *Cartas de Relación*. Colección "Sepan Cuántos". Editorial Porrúa. México, 1985.

DIAZ, MARCO. *Arquitectura en el desierto*. Misiones jesuitas en Baja California. Instituto de Investigaciones Estéticas, UNAM, 1988.

DEL BARCO, MIGUEL. *Historia natural y crónica de la Antigua California*. Instituto de Investigaciones Históricas. UNAM, México, 1988.

DEL RÍO, IGNACIO. *A la diestra mano de Las Indias. Descubrimiento y ocupación colonial de la Baja California*. Instituto de Investigaciones Históricas. UNAM, México, 1990.

DEL RÍO, IGNACIO. *Conquista y aculturación de la California jesuítica, 1697 – 1768*. Instituto de Investigaciones Históricas. UNAM, México, 1984.

DEL RÍO, IGNACIO. ATABLE, MA. EUGENIA. *Baja California Sur*. El Colegio de México, México, 2000.

HUDDLESTON, SISLEY. *Isabel de Inglaterra*. Promociones Editoriales Mexicanas. México, 1980.

JORDÁN, FERNANDO. *Calafia*. Poema premiado con flor natural en los Juegos Florales de Primavera, en el Territorio Sur de la Baja California, mayo de 1955. Ver *http://www.californax.com/calx1/TemasDiverCalx001/0001_TemDivCalx-CALAFIA.html*

LEÓN PORTILLA, MIGUEL *Hernán Cortés y la mar del sur*. Acaba ediciones, México, 2005

MARTÍNEZ, ALEJANDRO. *Resumen histórico – gráfico de un pueblo singular. (De las cuevas pintadas a la era misional)*. Dirección de Cultura, Secretaría de Bienestar Social. Gobierno de Baja California Sur. México, 1989.

MARTÍNEZ, JOSÉ LUIS. *Hernán Cortés.* UNAM / Fondo de Cultura Económica. México, 1990.

MATHES, MICHAEL W. *Las misiones de Baja California, una reseña histórico – fotográfica. 1689 – 1649.* Ayuntamiento de La Paz, Gobierno de Baja California Sur. México, 1982.

MAYER, WILLIAM. *Early Travellers in Mexico (1534-1816).* Editorial Cultura, México, 1961

ROSSANO, MASSIMO. *Isabel I de Inglaterra.* Promociones Editoriales Mexicanas. México, 1981.

SANTIAGO CRUZ, FRANCISCO. *La Nao de China.* Editorial Jus. México, 1981.

TRASVIÑA TAYLOR, ARMANDO. *¿Qué desea saber de Baja California Sur?* Edición del autor, México, 1990.

SEMO, ENRIQUE y NALDA, ENRIQUE. *México, un pueblo en la historia. Tomo I: De la aparición del hombre al dominio colonial. Alianza Editorial Mexicana, México, 1990.*

PALAU, FRANCISCO. *Vida de Fray Junípero Serra y Misiones de la California Septentrional.* Colección "Sepan cuántos", Editorial Porrúa, México, 1982.

PAZ, OCTAVIO. *El peregrino en su patria. Historia y política de México. Tomo I: Pasados.* Colección Letras Mexicanas. Fondo de Cultura Económica, México, 1989.

WEINBERG, LILIANA y CARBAJAL, EVANGELINA. *Los mil grandes de la exploración.* Promociones Editoriales Mexicanas. México, 1982.

POSDATA

Postdata

Con el zar del teatro mexicano[1]

Conocí al maestro Héctor Azar el año de 1960 al ingresar a la Escuela Nacional Preparatoria No. 5 de la UNAM, ubicada en la entonces lejana ex-Hacienda de Coapa, en la Delegación Tlalpan. Azar impartía la cátedra de Literatura Mexicana y debe haberle llamado la atención un adolescente al que no le eran desconocidos los nombres de Juan Rulfo, Juan José Arreola, Carlos Fuentes o las letras clásicas españolas. A mi vez, descubrí un profesor que verdaderamente había leído a esos y muchísimos más autores —en particular los del Siglo de Oro español, a juzgar por sus clases— y no solamente sus fichas biográficas, como los maestros que había tenido en la secundaria.

A éste motivo de admiración se añadieron otros dos: en primer lugar, el reluciente MG convertible rojo que manejaba por entonces —verdadera provocación a la envidia para todo el alumnado, me imagino— y sí, también el que fuera responsable de haber puesto a la Prepa en el mapa cultural por lo menos del DF, mediante la creación del Teatro en Coapa. En efecto, desde 1955 el maestro echó mano de los escasos recursos disponibles para difundir cultura en el plantel, así como del abundante material humano constituido por los alumnos —joven, fresco y disciplinado por la férrea mano del novel promotor cultural— para conseguir novedosas interpretaciones de textos clásicos, que tenían la virtud de atraer públicos diversos: los habitantes del entorno de la preparatoria —muchos de ellos todavía dedicados a las labores agropecuarias— y el público culto de la

1 Publicado originalmente en Tiempo Universitario, Gaceta histórica de la Benemérita Universidad Autónoma de Puebla, noviembre de 2007.

ciudad, para quien constituía una atracción desplazarse "al campo" a disfrutar de los clásicos castellanos sin la polilla con la que generalmente se montaban.

Así me fue dado conocer su versión de *El periquillo Sarniento*, con la que ganó ese año, 1960, el Premio Xavier Villaurrutia. Antes de que terminara el año escolar me permití presentarle al maestro uno de mis primeros textos literarios: un melodramático cuento titulado *Tormenta de ver*ano, que quizá se vio obligado a aceptar por provenir de quien había obtenido las mejores calificaciones en su curso lo cual, desde luego, no era garantía de nada. Benévolamente, cuando me lo devolvió me felicitó... pero por mi buena ortografía y me aconsejo que perseverara en el intento de, algún día, llegar a ser escritor.

Zoon Theatrykón, animal teatral

Después, los dos nos fuimos a la Universidad: yo, a explorar una titubeante vocación por la arquitectura; él, a desarrollarse como Zoon Theatrykón (animal teatral), como gustaba denominarse a sí mismo, encargándose en primer término del Departamento de Teatro de la Dirección General de Difusión Cultural de la UNAM, donde reglamentaría las actividades teatrales universitarias; fundaría el Teatro del Caballito (primera sala teatral de la UNAM instalada en el centro de la Ciudad); el Teatro de la Ciudad Universitaria (en el teatro Carlos Lazo, Anexo a la Facultad de Arquitectura) e iniciaría y dirigiría la colección de Textos de Teatro de la UNAM. Esta infraestructura fue de inmediato aprovechada por toda una generación de teatristas universitarios, renovadora de las artes escénicas en la década de los sesentas: Juan José Gurrola, Juan Ibáñez, José Luis Ibáñez, Héctor Mendoza, etc.

También a principios de los años sesenta, el maestro Azar dio un paso más en su proyecto fundacional del teatro universitario mexicano: crea en el seno de la UNAM, la Compañía de Teatro Universitario (primer grupo de teatro profesional de la universidad), de la que es director. Inicia la construcción de su repertorio encomendando al joven director escénico Juan Ibáñez el montaje de las *Divinas palabras*, de Ramón del Valle-Inclán, que viaja a Nancy, Francia al Primer Festival de Teatro Universitario en 1964 y obtiene el Gran Premio Mundial.

En 1965 la CTU asiste al el II Festival de Teatro Universitario, con la obra *Olímpica*, de la pluma de Héctor Azar y nuevamente dirigida por Juan Ibáñez, con la que se hizo patente la calidad del teatro joven de México ante 22 países, todos ellos presentando, en mayor o menor grado, el nuevo teatro de genuina búsqueda que se daba en el mundo al inicio de la década de los sesenta, saturada de propuestas y originales hallazgos. Se consolidaron así las metas que habían sido anunciadas en 1962, en el llamado que animó la creación del Centro Universitario de Teatro.

En este llamado, también, apareció por primera vez el dibujo de Picasso, La Cabra, que se transformó en signo y emblema de lo que aspiraba a ser el teatro universitario de México: agilidad y frescura en el trazo, gracia juvenil, precisión en la imagen, gentileza, hasta convertirse en un símbolo familiar aún extramuros del Alma Mater.

El zar del teatro mexicano

En 1965 Azar es nombrado Jefe del Departamento de Teatro del Instituto Nacional de Bellas Artes. Durante su gestión en esta dependencia inaugura el Teatro Jiménez Rueda; funda el movimiento de Teatro Trashumante con el propósito de extender las actividades teatrales a otros espacios en la República; crea el Centro de Teatro Infantil y el Centro de Experimentación Teatral del INBA; dirige las Temporadas de Teatro Escolar para Jardín de Niños, Primaria y Secundaria (5,500 niños diarios), y promueve el proyecto editorial del Teatro del INBA, que alcanza a publicar 17 volúmenes.

Pero no se detuvo ahí: en 1967 es nombrado Director de la Casa del Lago de la UNAM, en el Bosque de Chapultepec. Ahí funda el Foro Abierto y el Teatro de Cámara, así como el Primer Salón de Primavera de la pintura joven; en 1968 inaugura el Foro Isabelino del Centro Universitario de Teatro, también dentro de la UNAM; en 1971 funda y dirige el grupo Teatro Espacio 15 de la UNAM, como segunda época de la Compañía de Teatro Universitario, a la vez que edita y dirige la revista teatral *La cabra*. Finalmente, en 1972 funda la Compañía Nacional de Teatro del INBA y es nombrado director titular.

Fueron los siete años escénicos (1965 – 1972) más fructíferos que haya conocido el país en cualquier época. Los dominios de Azar comprendían distintos espacios de la UNAM y se extendían hasta el Instituto Nacional de Bellas Artes; y si bien es cierto que la concentración del poder en manos de Héctor Azar fue inmensa, justificándose así el apodo de "zar del teatro" con que se le motejó, también lo es que el maestro se multiplicó construyendo y adaptando teatros, organizando grupos teatrales y compañías estables, formando actores, directores y cuadros técnicos para la escena en las cantidades necesarias para hacer funcionar la infraestructura que había construido, sin por ello dejar de atender su labor como dramaturgo y director escénico. Huelga decir que a lo largo de su gestión en estas instancias surgieron nuevos talentos escénicos, como Jorge Esma, José Estrada, Julio Castillo, Héctor Ortega, Wilebaldo López y otros muchos actores y agentes teatrales.

Sin embargo tal situación era demasiado idílica para sobrevivir por mucho tiempo, máxime cuando el medio teatral —y aún el cultural, para ser justos— es uno en el que el culto al ego, la envidia, la maledicencia y la intriga son inmanentes. Llegó el momento en que esas fuerzas malignas se conjuraron para proporcionarle al Zar un golpe de Estado: la toma, el 13 de enero de 1973, del Foro Isabelino por un grupo de teatristas amotinados que anunciaron que no devolverían el local a la UNAM mientras no renunciara el "odiado tirano". Episodio que podría equipararse a la toma del edificio de rectoría por el autollamado grupo de los "enfermos", que propiciaron la renuncia del doctor Ignacio Chávez a la rectoría de nuestra máxima casa de estudios.

La renuncia del maestro Azar llegó acompañada, en palabras del maestro, "de la decisión rectora de no volver a aceptar un cargo público más", decisión que pude sostener durante 20 años (1973-1993), al cabo de los cuales el entonces gobernador Manuel Bartlett me brinda el privilegio, largamente esperado, de trabajar en la cultura de Puebla, aunque siempre con el equipaje preparado. Sólo resta mencionar que a lo largo de esos años, mi relación con el maestro sólo fue de fiel espectador. Conocía y apreciaba su trayectoria, pero entre mis modestas actividades y las brillantes suyas no había punto de contacto. El afortunado—para mí—reencuentro se produjo cuando las borrascas del movimiento estudiantil de 1968 se llevaron mi no muy firme vocación por la arquitectura y me lanzaron al Centro de Estudios Cinematográficos de la UNAM, poco tiempo después de haberse fundado. Ahí fui parte de una pequeña comunidad de amigos, que se unió para editar un boletín cinematográfico que se llamó 35 mm., destinado a reseñar, en primer término, el movimiento cineclubístico en ese momento muy activo.. El maestro tuvo a bien apoyar esta aventura cultural estudiantil, permitiendo su difusión en la Casa del Lago, y aun llamándonos a presentar algún filme en su cine-club.

Retomó la dirección del Teatro Espacio 15, que recién había formado, y con aquellos actores que permanecieron cercanos y leales a él, Martha Ofelia Galindo, Eloísa Gotdiener, Selma Beraud, María del Carmen Farías, Carlos de Pedro, César Arias, Adalberto Parra y Paco Toledo, instaló en pocos días un despacho titulado Asuntos Teatrales, con el que programó temporadas escolares, cursos particulares y elaboró diseños de acciones institucionales, siempre con la idea de encontrar un sitio donde instalar un conjunto teatral estable. El 2 de febrero de 1975 el maestro Azar congregó a un grupo de amigos en una casona en el centro del tradicional barrio de Coyoacán (en la esquina que forman las calles Centenario y Belisario Domínguez) para inaugurar el Centro de Artes Dramáticas AC (CADAC) "como una contribución al desarrollo de conceptos congruentes con las mutaciones sucesivas que la actividad teatral ha presentado en el siglo que nos ha tocado vivir", de acuerdo con su fundador.

Se trataba de establecer "un lugar de encuentro de las nuevas generaciones atentas a participar en la búsqueda novedosa, y también como un punto de reencuentro armonizado mediante la esperanza de comprender y aceptar el teatro como una labor conjunta inexcusable... alejada de las posturas egocéntricas y desplantes narcisistas que parecen caracterizarlos quehaceres teatrales en el mundo". Así, en más de treinta años de actividades ininterrumpidas CADAC se ha constituido como un espacio abierto a toda persona que se interese por el arte teatral, puesto que ofrece opciones formativas para personas de cualquier profesión, edad o nivel académico a través de dos posibilidades: El teatro al servicio de la persona: para todo aquel que desee aprovechar las capacidades psicoterapéuticas que el teatro contiene como medio integrador del ser humano, o La persona al servicio del teatro: para quienes deseen explorar el ejercicio teatral entendido y practicado como una elevada responsabilidad profesional.

En este contexto regresé a Coyoacán, de donde soy oriundo, después de varios años de residencia en Puebla. Había trabajado ahí, en la Universidad, desempeñándome entre otros cargos como responsable del Departamento de Cine en el área de Difusión Cultural. Como tal había filmado el cortometraje *Vendedores Ambulantes*, que mereció un premio en el Festival de Oberhausen, Alemania, en 1974, con el apoyo de un grupo de teatro callejero cuya animadora principal, Olga Corona, fue la protagonista de la película. El caso es que me casé con ella; y puesto que ya establecidos en la ciudad ella manifestó interés en iniciar estudios formales de teatro, la llevé a CADAC a presentarla con su director.

La química fue instantánea. El maestro Azar —taciturno, introvertido, con fama de ogro— no tuvo para ella más que cortesía y deferencias. Sería que ambos eran poblanos, o que llevaban el teatro en la sangre, el caso es que congeniaron estupendamente y Olga se incorporó a los cursos vespertinos de CADAC, a la vez que el maestro me solicitó que impartiera un curso de apreciación cinematográfica en sus instalaciones.

Se inició así una feliz temporada, que supuso para mí una inmersión express en el mundo del teatro: conocí, por interpósita persona, el proceso de formación actoral; leí las obras que ahí se recomendaban; asistí a los cursos y conferencias que el maestro y otros especialistas dictaban y tuve oportunidad de observar ensayos y puestas en escena desde adentro. El caso es que ante mi dificultad de seguir haciendo cine, hacer teatro me pareció una buena opción. Elegí para mi debut como director escénico una pieza en un acto de Yukio Mishima, *Lady Aoi*, adaptación de una obra tradicional del teatro Noh al Japón moderno, en la que Consuelo Rodríguez, actriz estable de CADAC que recién había actuado en *La rosa tatuada* de Tennesse Williams bajo la dirección de Azar, me hizo el favor de incorporar a la protagonista; mientras Olga, mi esposa, aparecía en una parte más pequeña. Generosamente, el maestro Azar facilitó el "Espacio C" de CADAC para la representación.

Envalentonado por la modesta pero buena acogida de esta empresa, adapté como comedia musical un ballet de Bertolt Brecht, *Los siete pecados capitales*, substituyendo la partitura de jazz de Kurt Weill por una de música tropical popular y haciendo de la trama no un *tour de force* dancístico, sino el irresistible ascenso a la fama de una cabaretera. Por el estímulo que supuso haber aprendido de su práctica teatral, la obra está dedicada a Héctor Azar.

Montar las coreografías de los once números musicales, con el apoyo de Raúl Platas fue todo un reto, pero también una de las tareas más placenteras que haya acometido. En esta oportunidad Olga llevó el peso de la parte dramática. La obra se estrenó en 1991 en el Teatro Isabel la Católica del Seguro Social, en el corazón de Tlatelolco, y se mantuvo en cartelera un mes. Posteriormente, el maestro me facilitó nuevamente el "Espacio C" para alojar a *Los siete pecados...* un mes más.

Solo me falta mencionar que en 1987 le entregué a don Héctor el manuscrito de *Historia portentosa, insólita y prodigiosa de la Antigua California*, obra de mi autoría que recibiera el primer premio en el Concurso Nacional de Teatro Histórico de 1990, convocado ese año por la Secretaría de Educación Pública, el INBA, y el Seguro Social, entre otras instituciones. Me felicitó, hojeó el documento, me pidió que le hiciera una breve reseña verbal y me lo devolvió. Me dijo "Tráemelo otra vez, cuando haya sido editado". Se lo prometí, pero no pude cumplir mi palabra: permanecía inédito.[2] No entendí su reacción como un rechazo, sino como una motivación para que saliera de los muros protectores de CADAC a explorar otros espacios.

TRAYECTORIA DE UNA VIDA

No cabe duda de que los años del Zar en el exilio de CADAC fueron muy duros. No es posible imaginar que para alguien como él, que había regido simultáneamente los destinos escénicos de las instituciones más poderosas de su tiempo fuera fácil soportar el ostracismo,

---

[2] Cabe mencionar que, dentro de las varias obras premiadas en el evento, el maestro Xavier Rojas quiso montar ésta, a lo que me avine con muchísimo gusto. Había iniciado preparativos en el Teatro Insurgentes, con escenografía de David Antón, integrando el numeroso elenco con alumnos de la escuela actoral de la Asociación Nacional de Actores y apalabrando a Manuel Ojeda (oriundo de Baja California Sur) para el papel de Hernán Cortés y a Mercedes Pascual para la reina Isabel de Inglaterra. Infortunadamente cambios en las altas esferas burocráticas cancelaron el proyecto.

cuando no el desdén de sus adversarios. En esa situación de exilado, varias veces le oí mencionar que ya solo aspiraba a montar la obra de un dramaturgo bienamado, Thorton Wilder —de quien en sus inicios había puesto *La piel de nuestros dientes*—, llamada *Nuestro pueblo*; y estrenar su creación en ese entonces más reciente, *La incontenible vida del señor Ta kah Brown*. Cumplió su deseo, y lo hizo por todo lo alto. De la delicada obra de Wilder extrajo un canto a la efímera belleza de la vida humana, pleno de agridulce melancolía; y en el montaje de su propia pieza vertió buenas dosis de ironía y sarcasmo para caracterizar a la clase media nacional en su reluciente entorno sesentero caracterizado por el metro, el conjunto habitacional Tlatelolco y los colorines de la decoración de la Olimpiada que por entonces invadían la ciudad.

Parecía ser el canto del cisne. Aunque desde su refugio Azar continuó ejerciendo su influencia benéfica en la formación de nuevas generaciones de servidores de teatro (de sus aulas surgieron todavía dramaturgos de la talla de Víctor Hugo Rascón Banda, y actores-directores como Sergio Jiménez, por ejemplo) y recibiendo reconocimientos de instituciones nacionales y extranjeras, lo cierto es que el teatro mexicano se encaminó por nuevos rumbos.

Aun así, durante los veinte años siguientes, el maestro Azar es nombrado, en 1980 director de la rama de teatro de la Sociedad General de Escritores de México (SOGEM); fundada en 1985; y CADAC Atlixco, habiendo puesto su primera piedra el escritor poblano Pedro Ángel Palou. Ahí celebraba anualmente las tradicionales fiestas del Atlixcayotl; y en 1986 representó su creación *Atlixco por siempre*. Hasta mediados de 1986 había dirigido 18 cortometrajes para el noticiero Cine Verdad. En mayo de 1987 es admitido como miembro de la Academia Mexicana de la Lengua. Entre 1988 y 1992 dirige las *Jornadas Alarconianas* en Taxco, Guerrero, dedicadas a preservar y difundirla obra de Juan Ruiz de Alarcón, gloria del teatro colonial y oriundo de ese lugar. En 1989 inaugura CADAC* TAXCO, como dependencia del Instituto Guerrerense de Cultura. En 1991 inaugura

CADAC* PUEBLA. Además, en el periodo da a conocer más de una decena de obras de teatro, ocho libros de ensayos, una autobiografía, un libro de cuentos y una crónica, *A la luz de Puebla*, en la que rinde homenaje a su solar natal.

En 1993, fue designado secretario de Cultura por el gobierno del estado de Puebla. Durante su gestión fundó la Compañía Estatal de Teatro y la Orquesta Sinfónica del Estado de Puebla. Organizó el Magno Festival Palafoxiano y creó los museos de Arte Virreinal y de Arte Moderno.

Murió en la ciudad de México el 11 de mayo de 2000.

ÍNDICE

Ilustraciones: Gustave Doré (1832 – 1883)

HISTORIA PORTENTOSA,
INSÓLITA Y PRODIGIOSA DE
LA ANTIGUA CALIFORNIA

Primera edición: 2020

Se utilizaron las tipografías
Stempel Garamond 12/16 en el cuerpo
y sus familias para las cabezas
de texto y Avenir,
para los demás elementos.

Se terminó en
octubre de 2020

Ediciones
Rehilete

La edición consta de archivos electrónicos
para su distribución en internet
Así como para impresión en papel bajo demanda.

bernechea@gmail.com

www.ingramcontent.com/pod-product-compliance
Lightning Source LLC
LaVergne TN
LVHW051539170726
843492LV00006B/1853